徳間文庫

ダブルトーン

梶尾真治

徳間書店

DOUBLE

contents

ダブルトーン

005

解説

317

[DOUBLETONE]

presented by shinji kajio

TONE

DESIGN：coil

1

目を醒《さ》ましたときに、今日は自分が誰なのかわかる。目覚まし時計の音は同じだ。だが。

自分の隣りに、気配を感じるか否か。

気配があった。夫の洋平《ようへい》はまだ眠っている。

ということは、今日もわたしは田村裕美《ゆみ》だということだ。

この数日は田村裕美である日が続いている。

もう、朝の六時半だ。

急いで顔を洗い、朝食の準備と洋平のための弁当をこしらえた。

朝の七時の時報と同時に、洋平を起こす。寝惚《ねぼ》けた生返事をするものの、洋平はなかなか起きてはくれない。起き上がったら、いつも、何故もっと早く起こしてくれなかったんだ！　と愚痴《ぐち》りながら、家を飛び出していくくせに。そう心の中で呟《つぶや》きながら、裕美は夫の肩を揺すった。

ほどなくして洋平は身を起こす。それから食事をすませて服を着るまでに、三十分を費やす。バスに間に合うだろうかと案じつつ、今夜は営業会議で食事ありだから晩飯はいらない、と言い残して飛び出していった。

これは、ユミが田村裕美であるときの、判で押したような一日の始まりなのだ。

それから、裕美は洗濯と掃除を手早くすませる。その頃に、娘の亜美《あみ》が目を醒ます。亜美は聞きわけのよい子だ。女の子だからかもしれない。裕美のお手伝いに何かやることはないかと、いつも注意をはらっていてくれる。

裕美は、九時十分前にマンションを出る。亜美を連れて保育園まで歩いていくが、九時ちょうどには、春日しいのみ保育園に到着する。担任の棚田るみ先生に、亜美のその朝の機嫌を伝えた。手を振る娘に笑顔で手を振り返し、そのまま電車通りを熊本駅へと向かう。あわただしい時が過ぎ、肩の荷が下りる。

一日のうちで、気が静まる貴重な時間なのだ。熊本駅ビルの二階の喫茶店に入り、コーヒーを注文する。家で飲むコーヒーよりも確実に美味《おい》しいし、なによりも落ち着いて考えごとができる。電車に乗るまでの、三十分の空白の時間でしかないのだが。

十時半から四時までは、裕美はパートの仕事に出ている。パートといっても、上熊本駅前にある山根税理士事務所の所長の手伝いだ。結婚前は、そこに勤めていた。裕美が退職後も、人員を補充せずにやりくりしていたらしい。所長に、「手伝ってくれるのはいつでもOKだよ」と言われていたので、亜美が保育園で預かってもらえるほどになってから、また税理士事務所にパートで顔を出すようになった。

洋平とも、もともとは所長の友人の会社社長が主催する若者向けの地域交流会で出会ったのだ。

五年前に結婚し、二年前から一日の生活リズムがこのようになった。少女時代に夢見ていた結婚生活とは、大きなズレがある。その頃に考えていた自分の生活はこうだ。やさしくてハンサムな夫と、可愛い子供に囲まれ、庭に咲く花と仔犬の世話をして、午後は美味しいおやつや夕食を作って過ごす……。

そんな夢は、小学校高学年から中学校、高校と成長するにしたがって剝《は》げていったが、これほど夢のない日々とは思わなかった。

娘の亜美のための進学費用を備えておく必要がある。それから、夫と自分の老後のための貯え。年金もあまりあてになりそうもないから、今から自衛しておく必要がある。

裕美はコーヒーを飲みながら、ぼんやりと、そんな自分の生活方針を考えるのだ。とりあえず日々の生活は、そのようなことのために生きている。

あまり楽しいこともない。このようなものか……という慣れは感じる。

紺《こん》のスーツを着た女子大生らしい二人が、同じカウンターに座っていた。就職活動中で、訪問先の約束までの時間調節らしい。

二人の会話が、自然に裕美の耳に飛びこんでくる。

「どこも厳しいよね。電話しても、すぐに担当者が、今年は採用予定ありませんからって。口を揃《そろ》えてるみたい」

「やっぱり、都会に行かないと、採用厳しいのかしら。親が、絶対に許さないしねぇ」

「素敵な生活力のある彼が、どこかにいないかなぁ。そちらで永久就職できたら、こんなあくせく苦労しなくていいのになぁ」

「そんな相手は、じっとしていても見つからないわよ。とにかく就職決めてから、いい人を見つけなきゃ」

そんな二人の顔を裕美は思わず眺めた。

一人は、まだニキビがたくさんある。共通して表情に幼さを残していた。

二人とも、結婚が女性のハッピーエンドと考えているようだ。そんな甘いものじゃないのよ！　と心の中では思ったが、見ず知らずの二人に言ってやることもできない。

とりあえず今日は、事務所の先月末締めの請求書を午前中に作って発送しなければ。午後は、近くの顧問先の永田商店の月次を点検に行く。そんな予定になっているなと考える。

すべてが惰性のようだ。洋平はハンサムではないが、真面目だし、やさしい。ただ、面白みには欠けるが、それは贅沢《ぜいたく》な望みだと言うべきだろう。亜美のこれからは未知数だ。だが、次の子供を作る気には、あまりなれない。一人でも育児の大変さはわかった。

亜美には充分な愛情を注《そそ》いでやりたいと思う。それが母親としての務めなのだから。

そんなとりとめないことを考えることができるのも、この時間帯くらいのものだ。とりあえずの楽しみは、なにもない。

それでもいいと裕美は思っている。

それは、自分の強さかもしれない、と裕美は思う。とにかく、自分が裕美であるときは、裕美という立場をまっとうするつもりでいる。

喫茶店を出て、改札口を抜け、いつもの電車に乗った。

税理士事務所のある上熊本駅までは、一駅なのだ。そして、出勤時刻の十分前には、本妙寺通りの職場に着くことができた。

まず、同期に入った平田信子と室内を掃除する。それからの数時間は、裕美にとっては、あっという間に過ぎる。基本的に裕美は昼休みをとらない。十二時半までは、事務所の伝票類に追われる。その日は契約顧客向けの請求書の作成。

そして午後は四時まで、電卓と帳票を持って永田商店へ出かけた。裕美の点検業務は予定の五分前に終了する。裕美の集中力をもってすれば、彼女には一時間ほどにしか感じられないのだが。

事務所に戻ると、所長から「頂きものがあるから」と新聞紙の包みを貰《もら》った。

「なんですか?」

「ああ。ガラカブの一夜干し」と所長が答えた。

上天草にある土建会社の決算処理に行って、土産《みやげ》に貰ったそうだ。ガラカブとはカサゴのことだ。

「甘塩だそうだから、早く食べてくれと言われた」

「じゃ、先生、遠慮なく頂きます」

昔から、仕事先からの頂きものは多いのだ。裕美は、所長に礼を言って、タイムレコーダーを押した。六十を過ぎて妻と二人暮らしの所長には、あまり多過ぎる食べものを頂くのも良し悪しなのだろう、と裕美は思う。

事務所を出ると、朝とは逆の行動をとる。上熊本駅から熊本駅へ。そして、亜美を迎えに保育園へ。それから白川橋を渡って、娘と一緒にスーパーで夕食の材料を買って帰るのだ。自分用に一夜干しの頂きものがあるから、亜美のためのソーセージと、翌朝のためのパンと牛乳だけを買った。

いつもならば、夫の洋平が帰宅する九時頃に照準を合わせて、夕食の用意にとりかかるのだが、会議で夕食が出るのならば、その心配はなかった。

今日は、少しくらいは手を抜いてもかまわない。亜美が大好きなソーセージと目玉焼き、それにトマトとキュウリとレタスのサラダを添える。それで亜美は大喜びをしたのだった。

洋平が帰宅したのは、十時を過ぎた頃だった。亜美は、すでに布団に入っていたのだが、父親の姿を見て、喜んで起きてきた。

洋平はスーツを脱ぐと、亜美を膝に乗せたまま、「一杯、飲ませてくれ」と言った。

「頂きものの一夜干しがあるけれど、肴《さかな》に焼きましょうか」

裕美がそう言うと、洋平は発泡酒のプルトップに指をかけたまま一瞬静止して、それから「いや、いい」と答えた。

「一本では足りなくなる。ほどほどでいい」と言いながら、テレビのスイッチを入れた。

洋平は、会社のできごとを話すということが、まずない。「家には仕事の話は持ちこまないよ」というのが、結婚前からの彼の主義だった。

裕美は、つまみに柿の種を皿に入れて出した。洋平は黙ったまま、それをつまんで口に放り入れ、テレビ画面に見入る。ときおり亜美を右手でやさしくあやす。

テレビではクイズ番組をやっていたが、面白いのかつまらないのか、洋平は反応を見せない。亜美が生まれるくらいまでは、もっといろんな話を夫としていたような気がする。しかし、裕美にとって、それはもう随分と前のことのように思える。

洋平が発泡酒を飲み干したのを確認して、裕美は言った。

「そろそろ、お風呂に入ったら」

すでに裕美は亜美と風呂をすませていた。洋平の帰りが遅くなるときは、それが習慣になっている。

「ああ」と洋平は立ち上がろうとした。亜美は父親の膝の上で安心できたのか、すでにうつらうつらと身体《からだ》を揺らし始めていた。そんな娘を裕美は受け取り、布団に横たえた。

洋平が風呂場へと向かうと、テーブルの上を片付けて、裕美も布団に入った。

ああ、また一日が終わってしまった、と裕美は思う。風呂場から、夫の咳払《せきばら》いが聞こえた。洋平は長風呂だ。なかなか上がっては来ない。風呂から出てくるのは、自分が眠りに落ちてしまった後だろう。

明日は、また今日と同じ一日の繰り返しが待っているのだ。明日も田村裕美である限りは。

いや、ひょっとすれば、そろそろ明日は……。

そんなことを考えていると、睡魔の領域にいつの間にか入りこんでいた。

2

目覚ましの音が鳴る。

他人の気配は何もない。

薄く目を開く。カーテンの隙間から、陽の光が漏れているのがわかった。

四畳半の狭い空間。ベッドから身を起こす。

何日ぶりだろう、と彼女は思う。

今日は、田村裕美ではない。中野由巳《ゆみ》なのだ。何故、このようなことが起こるのかは、わからない。何年前からなのだろうか？　ずいぶん前から起こっている現象だという気がするが、最近のような気もする。

ただ、これだけはわかる。今日は、田村裕美としての家族の世話を考えなくていいのだ。

顔を洗い、自分のためだけのフレンチトーストを作り、コーヒーで朝食とした。

中野由巳は独身だ。水前寺《すいぜんじ》の県庁近くのアパートに独り住まいしている。勤務先は、水《すい》道町《どうちょう》にあるタカタ企画といって、大手の広告代理店の下請けのような仕事をやっている。社長と専務だけで、あとは由巳が正社員というだけの小さな会社だった。

広告代理店の下請けというと、いかにも泡沫《ほうまつ》な企業のように聞こえるが、もう二十年もこの業界で商売を続けている老舗《しにせ》である。テレビＣＭの制作を頼まれれば、それを受けて、スタッフをかき集める。統計資料の調査も受ければ、さまざまなコンペにも、まめに応募する。高田《たかた》社長と林《はやし》専務のコンビは、よほど才能があるのか人脈が広いのか、運が強いのか信用があるのか、不景気だとぼやきながらも、堅実な経営を続けていた。だから、由巳は、同年代のＯＬの平均よりも、給与面では優遇されている。

九時から六時までの勤務時間だが、そんな少人数の会社故に、そのときの仕事の受注内容によって、由巳の仕事内容は目まぐるしく変わっていく。あるときは、事務方をやらねばならないし、あるときはイベントに派遣する女子大生たちのリーダー役を務めねばならない。また、あるときは、コマーシャルのクライアントのお相手をしたり、イベントのＭＣとして舞台に立ったりもする。まったくルーティンワークが存在しない。かなりの気配りと気働きの能力が要求される日々だ。だから、六時の退社時間から大幅にずれこむことは、しょっちゅうではないにしても不定期には訪れた。しかし、それは由巳にとって不満ではない。いや、日々の仕事を満足して受け入れていた。田村裕美の生活と比べると、目まぐるしいが、充実感に溢れている。

心の隅で、ぼんやりと、ああ今日も刺戟《しげき》と変化の多い一日でよかった！　と感謝している自分がいた。

だが、それはあくまでもぼんやりと、である。それから、今日の仕事の予定に頭をめぐらせている。だんだんと裕美であった記憶が失われていく。

今日は、何があったかしら。朝から、大学生のアルバイトが二十名、やってくるはずだ、と由巳は思い出した。アンケートの抽出リストを彼らに配り、アンケートをとる際の心得を説明しなければならない。送り出した後は、一件、顧客を訪問しなければならない。郷土料理店だが、そのホームページをタカタ企画が制作している。今回は、通信販売の内容を変更するに伴い、デザインもかなりリニューアルしたいというのだ。その要望の内容を正確に把握する必要がある。

とりあえず、今、決まっている予定は、その二件だ。あと、もう一度来客の確認も必要だと思っている。

そう考えていくと、昨日は、自分が田村裕美であったという記憶が現実ではないような気がしてくる。ずっと昔から。当然のことながら、幼い日から自分は、同じユミでも中野由巳だったのだ。

由巳は、天草の本渡《ほんど》にある旅館の娘として生まれた。熊本市内の県立高校に入り、熊本県立大に進学した。学生の頃は広告研究会に入っていて、タカタ企画のアルバイトをしていた。林専務や、その頃の事務をやっていた女性とも親しくなった。そのうちに就職活動を始めたが、あいにくのリクルート氷河期で就職先は皆無だった。だから、タカタ企画に就職が決まったのは、奇跡に近い。

そのときの女性社員がたまたま、寿退社することになった。それで、彼女の推薦で林専務から由巳に声がかかったのだった。

あと一学年早くても遅くても縁がない仕事だったなぁ、と思う。

天草の旅館は兄夫婦がやりくりしている。由巳は、人に迷惑さえかけなければ好きに生きていい。そして、本当にこの人と添い遂《と》げたいという人が出てくれば、その男性と結婚してかまわない。そんなふうに言われて育った。

由巳は、同世代の地方に住む女性の中では、自分ながら充実した生活を送っている方ではないかと思っていた。

ただ一つのことを除いては。

自分の心の中に、自分の記憶と無関係な記憶が存在していることに気付くまでは。

その記憶というのが、田村裕美のものなのだ。

朝起きて、そんな錯覚を感じることが一番多い。昨日は、自分は自分でなかった……。

裕美である自分は結婚している。幼い娘がいる。ぼんやりと夫の存在もわかる。

でも、今日の朝、自分は裕美でなく由巳でよかった、と思う。

記憶の中にある自分は、もっとうんざりしてしまう生活を送っているような気がした。

コーヒーを飲み干し、その日は、紺のジャケットを着た。アルバイトの学生たちを指導するのにふさわしいと思ったからだ。

エチケット程度の薄化粧をして、アパートを出た。

バスに乗り込んだときに、母親と幼い娘の二人連れを見て、ふっと亜美という名前が浮かび、幼い少女の笑顔が脳裏をよぎる。

そのとき、由巳には、はっきりとわかるのだ。これは、田村裕美である自分の娘のイメージであると。

何故そんな心像が浮かぶのか、理由はわからない。

心の奥底で、何かが錯覚を起こさせているのだろうと、思うだけだ。

自分の他に、もう一人のユミがいる。中野由巳は二十四歳だが、もう一人のユミ、田村裕美はもう少し年上のようだ。三十歳を越えているだろう。

それが実在する人物なのか、由巳の妄想なのかは、よくわからない。あるときは裕美である自分をはっきりと意識できるのだが、次の瞬間には、自分は何かの妄想に囚《とら》われていたような気がしてくる。

だが、単なる妄想ではないのではないか、と思えることがあるのだ。

半月ほど前に、上熊本駅近くの本妙寺通りへ、ミニコミの広告で使うため、馬刺しの写真を撮りにカメラマンと行くことになった。同じ熊本市内だが、勤務先が市内中央部で、住まいが東部である由巳には、西にある上熊本駅近くは、あまり普段から縁のない場所だった。カメラマンの運転で本妙寺通りへ行き、目的の店より少し離れた駐車場に車を止め、そこから店まで歩いているときのことだ。

既視感《デジャヴ》という体験は何度もある。しかし、それまでの既視感は、瞬間的なものだった。それなのに、そのときのデジャヴは、自動車を降りたときから、延々と続いたのだ。

橋を渡ると、自然とある建物に視線が向き、無意識に「山根税理士事務所」と呟《つぶや》いている自分に気がついた。そして、その建物の前を通りかかると、「山根税理士事務所」の金文字が目に飛びこんできた。思わず、由巳は立ち止まり、その文字に見入った。

これこそ、まさにデジャヴと言うのか、と思った。そして、懸命に自分に納得できる説明を付け加えてみた。

少し離れた場所から、山根税理士事務所の文字を見てしまっていた。それを無意識のうちに口にしたのだと。無意識だったからこそ、記された文字を再確認して驚かされた……。そういう解釈をしてみる。そういう解釈が一番、現実的なのだと自分に言いきかせる。それで表面上は納得できるのだが、どうしても他の可能性を思い巡らせる気持ちが心の隅に残り続けた。

朝一の目覚ましの音を聞くときに、そんな光景が瞬時だけ蘇《よみがえ》ってくることもある。すると、その日は、田村裕美ではないと知る。中野由巳なのだ。

というわけで、いつも意識の底で、漠然と考え続けているのだ。なんの確信も得られないまま。

――自分は、ひょっとして、二つの人生を生きているのではないのか、と。

由巳は、水道町でバスを降りた。電車通りを渡り、手取《てとり》天満宮近くのビルに入る。そのビルにタカタ企画はあるのだ。郵便受けから新聞を取り、中へと入った。

2LDKの一室がタカタ企画であり、リビングが二間で、そこにデスクが三つと、応接台に椅子が据えられている。床にモップをかけ、机の拭き掃除をすませると、新聞をスタンドに綴《と》じる前に、ニュースを確認した。主に取引先に関連した慶弔記事の確認と、メインニュースのヘッドラインだけに目を走らせただけだが。

新聞に挟まれていた地元デパートのチラシを、古新聞置き場へ持って行こうとして立ち止まった。

〈キッズブランド夏物フェア〉と銘打たれていた。子供服の写真がいくつも載っている。子供のモデルが着ている服に見入りながら、「亜美のも、もう小さくなっているのよねえ」と口にしていた。

――今……私、なんと言ったのかしら。

自分で呟いたことを、もう忘れてしまっていた。そして、閃光《せんこう》のように浮かんできて消えてしまった幼女の顔を、もう一度思い浮かべたいと願うのだが、それはかなわなかった。未来の自分が結婚して生まれることになる自分の娘の姿を予知したのだろうか、とも考えてみるが、推理はそれ以上深くには進まない。

九時を過ぎると、社長と専務が出勤してきた。

ひたすら慌《あわ》ただしい一日がスタートする。正直、余分なことを考える余裕もまったくなくなる。

三人で、その日の行動予定を確認しあった。それから、おたがいの連絡事項に漏れがないか、この数日の業務の進捗把握などでミーティングは終了となり、社長も専務も自分の目的の場所へと、それぞれ散って行った。

しばらくすると、タカタ企画にはアンケートを集めに行くアルバイトたちがやってきた。

地域ごとの用紙と抽出サンプル家庭の住所で分けたリストを担当アルバイトに確認させる。

そして由巳の説明。

アルバイト全員を送り出し、由巳は大きな溜息をついて、椅子にへたりこんだが、まだ、その日の仕事はスタートしたばかりなのだ。

3

夕刻、由巳は集まったアンケートの束の整理にかかる。集計及び分析作業は明日からの仕事になるかな、と思う。もう、六時に近い。

そこへ、林専務が戻ってきた。今日は、タカタ企画が事務局業務を引き受けているNPO法人「郷土の伝統遊びを知ろう」の定期理事会の日だったのだ。

さきほど近くのホテルで行われた会議がやっと終わったらしい。直接はタカタ企画に利益はないのだが、広報紙や、PR用の印刷物を作ろうとするときに、タカタ企画に仕事が回ってくる。しかし、林専務に言わせると、「ほとんどボランティアだな」ということになるのだろう。今朝、得意先まわりの後の理事会出席について、そう呟いていたのだから。

「おやぁ、ご苦労さーん。まだ、中野くん、がんばっていたんだー」

由巳を見て、林専務がそう言った。由巳も「お疲れさまでした」と答えて、専務にお茶を出した。

「何度も、理事会が終わろう終わろうとするんだけれどもねぇ。それでは、そろそろって司会が言うと、最後にもう一つ、ええですか、という理事が必ず出るんだよ。揃って六十過ぎの理事でさ。どうでもいいような話なんだけれども、そうも言えなくてね。それで三十分、引き延ばされるわけよ。で、その議題は事務局におまかせして、という結論でお開きにしようとすると、また別のご年輩の理事が、すみませんがぁ、ちょっと気になることあってぇ、と。それからまた四十分。なんだなあ。会議が、お年寄りのちょろちょろおしっこ状態。いつまでも止まらなくてね。まいっちまうよぉ」

林専務は、お茶を飲みながら、そう言いつつ何度も首を傾《かし》げる。それは、専務が話すときの癖のようなものだ。

「いつもなんですか？」

「いつも、いつも。あの会は、ボランティアで出てるみたいなものだ」と専務は答えた。

社長は、もう社には立ち寄らず直帰すると連絡が入っていた。そのことを専務に伝える。

「あっ、今日の理事会で麻山産業の吉田常務と一緒だった」

麻山産業は、熊本県内で中規模の食品スーパーを数ヵ所、チェーン展開している。吉田常務は高田社長の友人で、タカタ企画に仕事もまわしてくれるし、ときおり社長を訪ねて立ち寄ったりもする。五十代半ばだろうか。

「あっ、そうですか」

「そのとき、吉田常務から尋ねられた」

「は？」

「中野くんは、誰か交際している特定の男性がいるのかなって」

「どういう意味ですか？」

由巳は少し不愉快になった。何故、林専務にそんな立ち入った話をするのだろう。何のために。

「ああ、麻山産業の吉田さんには、一人息子がいるんだよ。県庁に勤めてるんだそうだ。で、吉田さんがここに寄ったときに中野くんと何度か話して、気に入られたそうなんだよ。だから、息子の嫁にどうかって。それで誰か交際している人とかいないのかねって、尋ねられた。あ、息子さんは二十七歳だとさ。どう答えておけばいいかなぁ。今度、その話が出たときは」

「それは、私が見合いをするというお話ですよね」

「まあ……そうなるかな。訊《き》かれただけだから」

林専務は照れたように眉をひそめた。由巳が答えたくないなら答えなくてもかまわない。そんなふうにも見える。

しかし由巳は、応接椅子に座っていた専務の前にあえて直立して、言った。

「私、特定の交際している人というのは、いません」

由巳を見上げた専務に、彼女は続けた。

「でも、私、誰とも結婚するつもり、ないんです」

結婚という言葉を口にしたときだった。胸になにやら重いものが反射的にこみあげてきた。

「もっと世の中を見てからということ？　自分の旦那さんになる人は自分で選ぶということ？」と専務が尋ねた。

「そういうことでもありません」

それ以上、詳しい話をするつもりにもなれなかった。ただ、心の底にある澱《よど》みの中から、谺《こだま》のように否定の声が続いている。幼女の顔のイメージさえも浮かぶ。しかも、自分が喘《あえ》ぎ続けるような感覚がおさまらない。

それを叫び続けているのは由巳ではない。

もう一人のユミがいるのだ。自分の中に。

――結婚なんか、するもんじゃない。

――自由も希望も生きがいも、すべて失うのよ。

そんな感覚がいっせいに押し寄せてきたのだ。切羽詰まった嫌悪感だ。

自分がそれほど〝特定の男性〟とか〝交際〟という言葉に、激しく反応してしまうことに由巳は戸惑った。

林専務の方も驚いていた。

由巳は、何を言ってしまったのか、自分でもよくわからない。「結婚なんて」と口にした気がする。もっと汚い言葉を使ったかもしれないが、我に返ったときは、よく覚えていなかった。

あわてて、林専務に頭を下げた。

「すみません。興奮してしまって」

専務も、あわてて首を振った。

「いや、中野くんの気持ちは、よくわかった。吉田常務には、ぼくの方からそう伝えておくよ」

林専務が拍子抜けするほどあっさりと引き下がってくれたのは、由巳にはありがたかった。ほっとして肩から力が抜けた。

「すみません。ありがとうございます。それで……会社の方に迷惑をかける結果にはならないのでしょうか？」

それを聞いて、林専務の表情にやっと笑みが戻った。

「いやぁ、全然、迷惑にはならない。あくまで、これはプライベートなことだから。吉田常務もわかりのいい人だから、こんなことを根にもったりすることは、まずないから、心配しないで。いや、こんな変なことを尋ねたりして、ぼくの方こそ、悪かったね」

林専務の人柄の良さは、由巳も承知している。だからこそ、たった三人の会社でも、人間関係がスムーズにいくわけだし、仕事も途切れることなく発生するのだろう。

「しかし……」と言い残したように林専務は付け加えた。「中野くんは、なんか男性不信になったことがあるの？　主義主張というよりも、なんだかそんな印象だったから」

由巳は、すぐには答えることができなかった。しばらくの沈黙の後、「別に男性不信になったことはないと思います」と答えたが、そう言いながらも、自分でもとってつけたような答えに聞こえて仕方なかった。

「ふうん」と林専務は言い、それでその話題が打ち切りになったのは幸いだった。

「あとの集計分析は明日でいいよ。まだ時間は少し余裕があるだろう」

その日の報告をすませた由巳に、林専務はそう言ってくれた。自分もそろそろ引き揚げることにするから、と。

もう六時を回っていた。これから作業に入ってしまえば中断できなくなる。早くても八時を過ぎてしまうことになると思われた。幸い、翌日の午前中は今のところ急ぎの予定は入っていない。

由巳は、専務の言葉にありがたく従うことにした。

戸締まりはやっておくという専務に挨拶して、由巳はタカタ企画を出た。

本屋に立ち寄り、文庫本と料理の本を一冊ずつ買った。だが、家に帰って料理をする気は起きなかった。

それから、好きな女優が主演しているサスペンス映画『哀しきシリアル・キラーの夜』が、先週から公開になっていることを思い出した。携帯電話で近くのシネコンの上映時間を検索すると、ぴったり三十分後に上映がスタートするということがわかった。シネコンまで、歩いて十分もかからない。ためらわず、由巳はシネコンに足を向けた。

夜風に吹かれて大甲橋を渡りながら、由巳は感謝していた。当たり前といえば当たり前の出来事なのだろう。観たい映画の上映時間がぴったり合い、思い立ったらすぐに、シネコンに向かえるという状況。だが、そんなふうに自由な選択をすることができるということは、とんでもなく恵まれていることなのだ、と由巳には思えてならなかった。

どうして、そんな感謝の気持ちが湧き上がってくるのか。

それから、林専務の話をちらっと思い出した。結婚してしまったら……こんなに気ままに、自分の気待ちに素直な行動をとることはできなくなるじゃない。そう思わず、独りごちていた。

そんな思考の背後に、由巳は、言葉にできないもやもやとしたイメージの塊が存在することに、うっすらとは気付いている。このイメージは、いったい何なんだろうか。

前世のことを記憶している人が存在するという話を、由巳は学生時代に耳にしたことがあった。そんなことを、ふと思い出してしまう。

最近、特に自分自身の中に存在する〝何か〟に違和感を感じることがよくある。その頻度が高くなっている。これは、前世のことを自分が思い出しているということではないのか。先日、上熊本の本妙寺通りに行ったときに感じた既視感も、そういうことではないのか。前世で過ごしたという場所ではないのか……。

そんなことを連想しながら歩いているうちに、由巳はシネコンに着いた。

幸いなことに、席は充分に余裕があった。入場して上映を待つ間、由巳はシートに腰をおろして、さっき本屋で買った『お鍋とフライパンで作るフレンチ／ビストロ風に』という料理の本をぱらぱらと眺めてみた。美味しそうな料理を、今度の休みにでも、ゆっくりと作ってみるつもりで。どの料理が簡単で手間がかからないか。材料費が安くあがりそうなのはどれか。

本屋で立ち読みしたときの印象と、今ページをめくるときの印象がちがうことに驚く。

なんだか、載っている料理に見覚えがある気がするのだ。

どうして、そう思うのかわからない。

一度、本屋で立ち読みをして、そのページの料理写真を意識下に刷りこんでしまっていた、ということか……。

それが一番納得のいく解釈のような気がした。しかし、それとはちがう……。

反射的に料理本を閉じていた。そのとき同時に、確信にも似た想いがこみあげてきた。

――この本に載っている料理のいくつかは、作ったことがある。……いや……作れる。

どうして、そんな想いになったのかは、わからない。だがこの本を、由巳は持っていなかった。だから、さっき買ったのだ。

場内が暗くなり、予告の上映がスタートしても、由巳の理由のわからない困惑はつづいていた。

4

今日は、田村裕美だ。

夢を見たようだ。怖い映画の一シーンのような。暗い森の中を、主人公の女性が裸足《はだし》で逃げまわる。そして、徐々に追いつめられていく。追ってくるのは殺人鬼だ。主人公の周囲の人たちが一人ずつ殺されて、その犯人の正体もわからないまま、殺人鬼の影は主人公の女性を追い始める。

裕美は、その夢の結末をよく思いだせない。いや、あれは夢ではない。あれは映画の場面ではないのか。

だが、あんな話の映画を自分は見たことがあるだろうか。ない。だいたい、サスペンスやホラーの類《たぐ》いは、裕美は苦手だ。

誰かが見て勧めてくれた映画のストーリーだったりとか……。

布団から身を起こす。動悸がなかなかおさまらない。

自分ではない誰かが見た映画……。

誰が見た?……。

夫の洋平が長く、そして啜《すす》るような鼾《いびき》をかいた。と同時に、目覚ましが鳴り始めた。

昨日は、少なくとも田村裕美ではない一日を過ごしたようだ、ということがわかる。その証拠に、溜まっていたストレスが、随分と発散されている感じがするからだ。

いつの頃からか、田村裕美には、自分が田村裕美ではない一日という不思議な感覚の記憶があるのだ。

その記憶は、実にはかなげで頼りなく不確実なものなのだが、自分が田村裕美であるには、欠かせない一日だと感じるのだ。

具体的な生活はわからないが、その不思議な記憶の中の自分は、誰の世話をすることも考えず、自由に、自分の好きなことをやって過ごせる時間を持っている……。

そのもう一人の自分である誰かも、仕事を持っているのだが、その仕事が輝いているように思える。毎日が変化のあるワクワクするような仕事の連続。裕美が日々やっている小さな数字の羅列をまとめていくような労働ではない。労働さえも心労からの解放になっているような仕事……。

動悸がおさまると、これまでの夢の中に現れた恐怖感も、どうでもよくなった。少し前向きになれた自分が、裕美は嬉しかった。

おかげで、今日は田村裕美として、何とか乗り切れるような気がする。

「がんばらなくっちゃあ」

そう裕美は、声を出して立ち上がった。

まず、夫の弁当を作らなければならない。ミニサイズの肉団子、玉子焼き、玉ネギの炒め物デミグラス味、そしてカットしたリンゴ。

冷蔵庫を開けようとしたとき、裕美は心の奥底で感じていたあることに気がついた。

ずっと気にかかっていること。

その答えが、振り向くだけで手に入る感じがする。

開きかけた冷蔵庫を閉じた。振り返って、食器棚の上の段を見上げる。

そこに週刊誌よりも一回り大きなサイズの本が三冊ならんでいた。そのうちの白い表紙の一冊を手に取る。

『お鍋とフライパンで作るフレンチ/ビストロ風に』

この本だ。

そう思って、パラパラとめくる。豚の頬肉の赤ワイン煮込み、ムール貝の白ワイン・ソース、焼き野菜とバーニャ・カウダ。その仕上がった料理がズームアップで接写されている。どの料理も、いかにも食欲をそそりそうなのだ。

裕美は、料理が得意だというわけではないが、ココットと料理の色合いが絶妙で、本屋でこの本を偶然に目にしたときに、どうしても欲しくてたまらなくなったのだった。だから、衝動買いしてしまったことも思い出した。

そして、買っただけではなく、ココットまで揃えて、自分の手でいくつかの料理に挑戦してみたではないか。

ぜひ食べてみたいものをリストアップして、比較的手に入りやすい食材のものを選ぶ。その中から、あまり手がかからず、しかも見栄えの良いものを絞りこんだのを思い出す。

この料理本を、不思議な記憶の中の誰かも購入した？……とすると、裕美とその誰かとは何かの形でつながっているのか……もう一人の自分？……。

はっきりとは断言できないが、自分、田村裕美は、もう一つの人生を送っている……。

どこの誰かはわからない。

どんな法則があって二つの人生が入れ替わっているのかは、わからない。ただ、朝に目を醒ましたときに、裕美は、もう一つの人生でなく、これが田村裕美の人生だとわかるだけなのだ。

もう一つの人生を過ごした後は、何故か、心を抑圧していたものが、すっきりと消え去ってしまった感じがある。

もし、裕美が自分だけの人生を送り続けているとしたら、自分はもっと早く、ぺしゃんこに押し潰《つぶ》されていたのではないだろうか？　そう思えてならない。

昨夜、眠りにつくまでは、別の立場の見知らぬ女性。そして目が醒めると、田村裕美の自分。

夜の眠りが、スイッチのように、自分が誰かと切り替わる。

その誰かが、いったい誰なのか？　裕美は知りたくてたまらない。

もう一つ奇妙なのは、前日までの自分の記憶も、裕美はちゃんと持っているのだ。どこも、時系列を通して、欠落したところは、ない。

ただ、裕美ではないときの記憶は、霧の中のようなイメージしかないのだ。誰かに、それは錯覚か妄想だと断言されたら、そうなのかもしれないと引き下がってしまいそうな。

だから、さっきのように、何かもう一つの人生に関わりがあるのではないかと思われる事象を見つけると、小躍りしたくなるほど嬉しい。それが料理本一冊の出来事にしても。

朝の七時、夫の洋平を起こす。

ほとんど、洋平との会話はない。

「今日は、いつも通りの時間ですか？」と裕美が帰宅予定を尋ねた。

「ああ」

そう洋平からの返事があった。他には、ほとんど会話らしい会話はない。裕美の顔を正視することもなく、あわただしく出社の準備を続けるだけだ。

洋平は体質的に低血圧らしい。だから、朝の起き抜けには、なかなか調子が取り戻せない。そう、洋平本人の口から聞いたことがある。

それがわかっているから、裕美は仕方ないと思っている。結婚生活なんて、こんなものだ、と。

しかし、今日、不思議なほどの上機嫌でいられるのは、昨日の、もう一つの人生でストレスを解消してしまったおかげだろう、と思う。

――もう一つの人生では、よほど私は自由で楽しく生きているんだわ。

そう呟きそうになるのを抑えた。

それ以上、思いめぐらせる時間もなく、もう一つの記憶、もう一つの人生のことは、頭の中から消えていく。

夫を会社へと送り出す。

それから、亜美とともに家を出る。

おかげで裕美は落ちこむようなこともなく、今日は胸を張って税理士事務所に着くことができた。

着席するや、決算法人の申告用書類の最終チェックに入る。

しばらくすると、「裕美さん」と声がかかった。

顔を上げると、有沼郁子《ありぬまいくこ》の姿があった。そういえば、今日は郁子が事務所を訪ねてくる日だった。

郁子は、個人のデザイン事務所を開いていた。裕美よりは三歳上で、洋平とは小学校の同級生だといっていた。地域交流会で知り合い、デザイン事務所の経理を裕美が担当している。

月に二回ほど、「経理のことなんて、全然わかんない」という郁子が、領収書と引き落としのあった通帳を持って、裕美のところへ現れる。さばさばした性格で、年上なのだが、裕美とはよく気が合った。

半月分の個人事務所の領収書を処理するなぞ、裕美にはたやすいことだった。所長も有沼郁子とは顔馴染《かおなじ》みで、裕美が郁子の相手をしていることであれば、口を挟《はさ》まない。

昼休みに入ると、所長が裕美と郁子の両方に声をかけて、一緒にランチに出かけた。

それは楽しい時間だった。郁子がデザインをあげるために、どんな苦労をするかといった話題が定番のように出て、裕美を笑い転げさせるのだ。毎回、与えられるイラストやデザインの題材のディテールを考えるために、七転八倒の想像もつかない苦労をさせられるという。特に博物館同好会のイラストをやるときがひどい、とか、取材経費が稿料をはるかにオーバーするとか。

そんな苦労の話を聞かされて、裕美は抱腹絶倒する。

「ミズムシのエッセイにイラストつけなきゃいけないとき、博物館の知り合いに電話して、お願い、時間ないの。ミズムシ見せてー、と言ったら、そいつ、なんで私がミズムシだって知ってるんですかぁ！　って」といった調子で、郁子の話はとめどなく続いていたが、急に話題を変えた。

「旦那は、最近、どうなの？」

そう尋ねられて、裕美は少し答えに窮《きゅう》した。

夫の洋平と、郁子は小学校の同級生で、幼馴染みの一人なのだ。郁子は、そもそも自分の紹介で洋平と裕美が知り合い、結婚したことに、いくらか責任を感じているらしい。だから、そう尋ねてきたときも、郁子は真顔だった。

「どう……って。あいかわらずですよ」

郁子は、裕美の表情をじっと読み取るように見て、「そうなの」とうなずいた。

郁子が、どう判断したのかはわからないが、裕美が大きくうなずき返すと、とりあえず安心したように見える。

「洋平は、根はいいやつなんだけれど、自分の気持ちを伝えるのがすごく苦手で、損をするの。まだ営業なんでしょう?」

「そうです」

「営業とか苦手だと思うんだよねー、田村くんは。人と会って進める仕事だから。だから、裕美さんも、そのあたりは割り引いて考えてやっていた方がいいわよ」

何故、そんな言われ方をするのだろう、と一瞬、裕美はドキリとする。

だが……郁子に初めて洋平を紹介され、交際をスタートさせた頃は……。もっと洋平は多弁に裕美に語りかけてきていたような気がする。洋平の抱《いだ》いている夢も知っていたような……。今では、日々の生活に流されてしまっているけれど。

今の洋平こそが、本来の夫の姿だということか。

「ええ、それはよくわかってますから」

そう、裕美は郁子に応《こた》えた。

「よかった。裕美さんが、できた奥さんで。いつも私、心配しているのよ。二人はうまくいってるのかなあって」

有沼郁子はうなずいて屈託《くったく》なく笑った。

「そんな人の心配よりも、有沼さんこそ、誰かいい人を見つけるべきじゃないか」

そう、所長が口を挟んだ。郁子が昔から事務所へ出入りしているとはいえ、それほど親しく会話できるというのは、郁子の天性のキャラクターのせいのようだ。

「あらあ。私の結婚なんて、どうでもいいのよ。結婚したら、私は世話したがりの方だし、今の仕事は大好きで絶対やめられないし、だったら身動きとれなくなってしまいますぅ」

嬉しそうに言い放って、郁子は、あははは、と笑った。

そんな郁子を見て、なんて素敵な女性だろうかと裕美は思う。潔《いさぎよ》くて、飾りけがない。男性からは、彼女のような存在はどう見られるのかわからないが、裕美は同性として、このような女性に憧《あこが》れてしまう。

裕美には、この人は大人だ、と思えるのだ。

5

由巳がパーソナリティをやっている地域FMの番組用の原稿を書き上げると、ちょうど昼休みになった。朝、出勤途中に買ってきたカップラーメンにお湯を入れて待つ間に、やはりコンビニで一緒に買ったサラダを突つきながら、本を読んでいた。

先日買った『お鍋とフライパンで作るフレンチ／ビストロ風に』という大判のものだ。

ぱらぱらと眺めるだけで、なんとなく楽しくなる。作ったことがあるという気がするのは、それが錯覚《さっかく》にしても嬉しい。

ただ、そんな本のカラー写真を、カップラーメンができあがるのを待ちながら、透明な容器に入ったサラダを食べつつ眺めている自分の状態は、よくよく考えると虚《むな》しいものがあるのだが、今の由巳は、自分がそんなに虚しさとして捉えていないことが、少し不思議ではある。気にはならないというか。むしろ、自分が今、自由であることの象徴だという気がする。

ドアが開く音がしたので、由巳は本から顔をあげた。

社長でも林専務でもない。気配でわかる。

「お邪魔しまーす」とドアのところで声がした。

「はあい」

あわてて、由巳がドアのところへ行くと、三十代半ばくらいの女性が立っていた。由巳の顔を見て、笑顔になった。

「こんにちは。林専務と午後一時にお約束してます。少し早く着いちゃった」と肩をすくめた。くるくると回る大きな目で、外交的な性格の女性だ。

誰だったろう、この人。タカタ企画に、前に訪ねてきたのは、いつだったろう。由巳は必死で思いだそうとする。会った気は確かにするが、名前を思いだせない。

「こちらで待たせて頂いていいですか？　あっ、私、イラストやっている、有沼郁子といいます。初めまして」

この女性と会うのは初めてなのだと由巳は知って、胸につかえていたものが落ちた気がした。しかし、どうして前に会った気がしたのだろう。いや、本当はどこかで会ってはいるのだが、この有沼郁子という女性も忘れているのかもしれない。だから、そんな既視感があるのかな、と思った。

「あっ、それでしたら、こちらでお待ちください」と由巳は応接用のソファをすすめた。

有沼郁子は、「ごめんなさいねぇ。お昼休み中に飛びこんで来ちゃって」と言いつつ、遠慮なく腰を下ろす。それから自分の腕時計を見て、「あーら。十五分も前に着いちゃったんだぁ」と素《す》っ頓狂《とんきょう》な声をあげた。

この人は、悪い人じゃない。由巳は、直感的にそう感じていた。

「ねぇ、ここは長いんですか？」

郁子が由巳に声をかけた。

「学生時代から、こちらに出入りしていたんですよ。で、卒業後も雇って頂いています。だから、自分は、とても運がよかったんだと思います。ここが、長いのか、短いのか、どうなんでしょう」

　由巳は、そう答えた。すると、郁子が目を細めた。

「ふうーん。じゃあ、仕事ぶりが優秀ってことじゃない」

「そうですか？」

「そうですよ。優秀でなければ、アルバイトから社員に採用したりしないわよ。このような業界の仕事は人気があって、皆、やりたくても、なかなかやれないものなのよ」

　そう言われては、由巳も悪い気はしない。

「でも、私に才能があったら……イラストを描く仕事なんて楽しいだろうなあって思います。素晴らしいですよね。芸術的なお仕事で」

　郁子も由巳にそう言われてニンマリした表情に変わったから、満更《まんざら》でもないのかもしれない。

「そう甘いもんじゃないんですよ。たった一人でデザイン事務所やっていると、何時《いつ》、仕事の注文がなくなりはしないかってオロオロするし、これはダメ、これもダメって、クライアントから簡単に没は出されるし、皮一枚で首が繋《つな》がっているようなところもあるのよ。仕事が少なくなったら、代理店やら印刷所に、自分で営業をかけにいかなきゃならないんだから。私は自分のこと、〝営業やりますアーティスト〟と思っているの」

そう言い放って、からからと笑った。その様子があまりにもあっけらかんとしているので、由巳もつられて声を出して笑ってしまった。

郁子は、そこでぴたりと笑うのを止《や》めて、驚いた表情のまま由巳を見た。

由巳も、笑うのを止めた。しまったと思う。初対面のはずの訪問者の前で、臆面もなく笑いすぎたのだろうか。はしたなかったのでは……。

「すみません。初めてお会いしたばかりなのに、馴れ馴れしくしてしまって」

由巳は、そう断って頭を下げる。

じっと由巳を見つめていた郁子は、あわてて思いだしたように首を横に振った。

「いえ。いいのよ。別に何もあなたは悪くありません。ごめんなさい。ちょっと思いだしたことがあって……」

それを聞いて、由巳は少しほっとする。そして同時に、やはり自分は前にもこの女性と会ったことがあるような気がしてくるのだった。

「思いだしたことって……前にもお会いしたことがあるということでしょうか？」

「そうじゃないわ」

即座に有沼郁子は答えた。さっぱりした返事だ。もっとプライベートにいろんなことが話せそうだし、いろんな話を聞かせてもらうと、この人からはもっと元気をもらえそうな気がした。なんとなく由巳にとって〝この人は歩くパワースポットだ〟と思えたくらいなのだ。

「ちょっと連想することがあっただけ。それは、あなたが素敵な女性だから、ということなのよ」

同性からとはいえ、そんな誉《ほ》められかたをすると、こそばゆい気がすると同時に、照れ臭いながらも嬉しくてならない。

由巳は素直に「ありがとうございます」と頭を下げた。

「えーと、ちなみに、あなたの名前も伺っておいていいかしら？　これからも、こちらの方に出入りすることになるかもしれないし」

由巳は、椅子から立ち上がって言った。

「はい。中野由巳って言います。よろしくお願いします」

「ゆみ……ゆみさんっていうの？」と繰り返して、そのあと郁子は妙な言い方をした。

「ほんとうに、ゆみさんね。どんな字を書くの？」

「はいっ。自由の由と巳年の巳です。巳年生まれじゃないんですが」

「ああ、中野……由巳さんですね。よろしく。あ、お食事中だったのよね。中断させちゃったわね。ごめんなさいね」

「いえ、いいんです。こんなことは、しょっちゅうのことですから」

そのとき、ドアがバタンと閉じる音がした。

「ただいまあ」

林専務の声だ。

林専務は、有沼郁子の姿を見つけて、「あー、時間に遅れちゃったのかな」と言って、自分の腕時計を見ながら応接ソファに近づく。

「いえ、大丈夫です。遅れちゃ、林専務に失礼になると思って、早く着くように来たんですよ」

「おお、そうか。光栄、光栄」

「おかげで、中野さんのお昼を邪魔してしまいました」

流しでお湯を沸かそうとする由巳の耳に、二人の会話が入ってくる。

二人は偶然に、前日に近くのホテルのロビーで出会ったらしい。林専務がＮＰＯ法人の会合に出かけたときのことのようだ。

「だから、この企画はコンペで勝てないと、空振りになっちゃうけれど、いいかなあ。でも、アリちゃんあっての企画なんだよねぇ。とりあえず束《つか》見本を一冊でっちあげるけれど、その表紙用のイラストを頼みますよ。いいかなぁ。落ちちゃったらゴメン！　だけれど、勝ったら、一年間は最低お願いすることになるから」

「ああ、いいっすよ。私は林さんの奴隷みたいなもんだから、口答えしませんよ。何言われても二つ返事で、はい！　ですよぉ」

二人は昔からの馴染みのようだということが、会話を通しても伝わってくる。いや、この業界ではけっこうおたがい馴れ馴れしい会話が多いのだが、それでも由巳にはそんな関係がホンモノか嘘モノかが、わかるようになっていた。この二人に関しては、信頼しあっていることが伝わってくる。それに、波長が合っているのか、一回りも世代が違うのに、会話がまるでキャッチボールのように歯切れよく返されていく。

先日から林専務が頭をひねっていた県庁の広報誌のコンペのことらしい。訴求対象は広範囲な世代の女性で、発行元は環境生活部ということだった。だから、内容は自然保護から大気環境、水質、有明海《ありあけ》・八代海《やつしろ》の再生、廃棄物処理や食の安全までを広範囲に網羅して問題提起していこうと、専務は考えているようだった。それも、できるだけ柔らかいタッチで。

その広報誌の表紙イメージについて、有沼郁子と偶然にホテルのロビーで出会ったことで、林専務の中で閃《ひらめ》きがおこったのだと思われた。

「じゃあ、なつかしいイメージのイラストの表紙にしましょうか？　ほら、昔、小川で子供たちが網を持って、フナやらドジョウやらをすくっていたみたいな。男の子はイガグリ頭で、女の子はおかっぱ頭で」

林専務の説明にうなずいていた郁子が、そう提案する。すると、林専務はパチンと指を鳴らした。

「いいねえ。いいねえ。ぼくが言いたかったことを、ポーンとビジュアルなイメージで返してくれて。もう、そう聞いただけで、アリちゃんの画風で目に浮かびましたよ。打てば響くって、このことだよなあ。で、提出が来週の頭なんですよ。もう、それ聞かせてもらっただけで、大船に乗った気持ちだけれど、念のため今週末までということで……いいかなあ」

「今週末って、明後日ってことですか？　林さんも冗談好きですね」

「これが冗談言ってる男の目に見える？」

「見えないから怖いですね。わかりました。明後日。夕方まででいいですか？」

「モチ・ロン。ありがたアリちゃん。会ったのは、神様の思《おぼ》し召しだったね」

それから二人は、十分ほど世間話を続けた。共通の知人の消息についての情報交換だったが、林専務がかつて大手の広告代理店でも活躍していた様子が伝わってきた。

有沼郁子は帰る際も、由巳に声をかけることを忘れなかった。

「お昼どきを邪魔して、ごめんなさいね。由巳さんとお友だちになれるように、今度のコンペ、がんばりますから、よろしくね。じゃあ、バイバイ」

郁子は、まるで子供に別れを告げるような、大げさな手のふり方をした。彼女独特の別れの挨拶のようだった。

有沼郁子が去ると、林専務は彼女の才能についてコメントを加えた。いわく。イラストでなくても、あの頭の良さと気働きであれば、営業一本でも充分やっていけるんだけれどなあ。天は才能を二物も三物も与えるんだよなあ、と。

「昔から、有沼さんのことはご存じだったんですね」

由巳が尋ねると、林専務は大きくうなずいた。

「新聞のシリーズ広告のイラストで彼女を最初に採用したのが、俺だったんだ。それで、彼女はデザイン賞をとった」

つまり、郁子の出世のタイミングを、専務が与えたということらしい。そんな業績は別にしても、由巳は、有沼郁子に同性の女性として好感を抱《いだ》いたのだった。

6

朝、由巳が起きたとき、夢の中に有沼郁子が出てきたような気がする。

由巳が目覚めたとき、必ず五分か十分ほど、今日の自分は誰なのか確認してしまうのが不思議で仕方がない。いや、自分は中野由巳ではないか。昨日も中野由巳だった。一昨日も中野由巳だった。

だが、十分くらいは、自分が夫も子供もいる田村裕美ではなかったのか、と思い迷っている自分がいる。夫は洋平といい、娘は亜美という……。

そんな記憶が錯覚なのか真実なのか、しばらくつきまとわれるのだ。

だが、前日の記憶も一昨日の記憶も、中野由巳として鮮明に持っているのだから、田村裕美だったという感覚は、もちろんぼんやりとしかない。

できれば、早く、このもやもやとした迷いの記憶は消え去ってもらいたいと思う。

田村裕美という人生を送っている時間があるというのは本当のことなのか。ひょっとして心の病気か何かなのかもしれない。あるいは、夢にすぎないのかもしれないとも思ったりする。

でも、そんな夢の時間を持つ人がいるのだろうか。夢の中で連続した人生を過ごすような……。それは夢とは言えないのではないか。あちらからすれば、中野由巳でいることの方が、夢のようなものと言えるのではないのか。

顔を洗いながら、愚にもつかないと、その考えを追い払う。そんな妄想に近いようなものは、もうすぐ頭から出ていってしまうのだ……。

その通りだった。

田村裕美という名さえ、タオルで顔を拭こうとするときには、きれいさっぱり消え去っていた。

そして頭には、一つのイメージだけが残っていた。

一昨日に初めて会った有沼郁子のイメージだ。

「やっぱり、夢の中に出てきたんだ。アリちゃん……有沼さん」

そういえば、今日、コンペに出す束見本用の表紙に使用するイラストを持ってくることになっていたことを思いだす。

それだから、有沼郁子の夢を見たりしたのだろうか。夢の中の郁子は、一昨日の服装とは違っていた。タカタ企画を訪れたときの郁子は、ジーンズに長袖のTシャツにベストという動きやすそうな服装だった。だが、今、由巳の心によぎる郁子のイメージは、ツーピースを着ていた。女性らしさを感じさせるピンクだった。瞬間的には、同じ郁子とはわからないほどだ。

だが、ボーイッシュな髪型と、くるくる動く大きな瞳が特徴的だった。その瞳だからこそ、有沼郁子だとわかったのだ。

それにしても、何故、夢の中に出てきた郁子は、一昨日と違う服なのだろうか。

それに、何故、それほど親しくもない同性の人物が夢の中に出てくるのだろう。

可能性があるとすれば……。もしも……もしかして……自分が中野由巳ではなく、あの、もう一つの人生を過ごしている田村裕美であるときの、知り合いというようなことだとしたら……。

田村裕美！……名前が頭に浮かんだことに驚く。

朝起きてすぐは、この名前を記憶していることはあるが、それは、しばらくすると雲散《うんさん》霧消《むしょう》してしまう。今日も、そうだった。現実という確信も全然ないから、必死で記憶しておこうと努力することはなかった。

由巳には、自分がもう一つの人生を過ごしているというような考えに謎は感じても、何の執着も持っていないのだ。

こんな、どうでもいいような錯覚に、いつまでも頭を使う必要はないわ……。由巳は自分にそう言い聞かせ、頭を今日の仕事に切り替えた。

前日は、遅くまでかけて、パンフレットの色校正を出入りの印刷屋と済ませた後、記事内容まで校正を終えた。

だから、今朝は、余裕のあるスケジュールになる予定だった。社長、専務ともに、現場直行だ。

そんな日は、由巳の受け持ちである経理事務をやっておこうかと考える。届いている請求書の伝票整理やらパソコン入力やらだ。それほどの事務量ではないが、確実に済ませておかないと、社長が作る資金繰表にも迷惑をかけてしまう。

それが終わったら、今、由巳が考えているアイデアを企画書の形にしてみようかなと思う。

タカタ企画に出入りする学生アルバイトたちと話していて、思いついたことがあるのだ。彼らの先輩たちの話で、働いて得た一ヵ月の給与で生活できず、経済的に破綻《はたん》してしまう連中がいるのだという。入る金以上の生活をしてしまうという単純な話なのだが、一方で、低収入ながらも無理なく暮らし、貯えを残す人々もいるという。その違いは何か。そして個人の収入サイズに合った生活ガイドを、住んでいる地域に応じて、具体的に作れないか。冗費《じょうひ》やギャンブルは問題外だが、要領の悪い暮らし方を修正すれば、救える人々もいるのではないかというのが、由巳の基本的な発想だった。

そこから、どのように具体的に展開させていくかが課題だが、由巳はその辺はわきまえていて、短時間でおいそれと完成させることができるとも考えていなかった。

歯が立たないかもしれないが、とりあえず歯を立ててみる。

そんなことを考えながら、出勤した。

まず社内の掃除を済ませ、社外からの電話も急を要するものはなかった。経理事務は十時過ぎには終わったので、「自分なりの企画書」の作成には、それからすぐに取りかかれた。

最初からパソコンに打ち込むのではなく、Ａ４のレポート用紙に、焦点となるべきものを標題として箇条書きにすることから手を付けた。具体策としてネット情報との併用という案は浮かんだが、しかしそれ以上、具体的にどうするかという、いい考えが浮かんで来ない。若者の一人ずつの環境や性格がすべて異なるものを、どうまとめていけばいいのか。巨大な壁を見上げている気分になってしまった。手に持ったボールペンは字を書くこともないまま、由巳の右手の指の間で揺れ続けるだけだ。必死で頭の中で思い巡らせているときは、時間の経過もまったくわからなくなる。

「こんにちは」

声をかけられ、顔を上げる。そして、これは現実のことだろうかと、由巳は一瞬思った。

「一所懸命、仕事中、ごめんなさい」

立っていたのは、有沼郁子だった。由巳に微笑《ほほえ》みかけながら、郁子が声をかけた。

「ノックしたけれど、返事がなかったから。由巳さん、すごく没頭《ぼっとう》していたんでしょう」

由巳はあわてて腰を浮かしかけた。

目の前に立っていた郁子は、なんと夢の中で着ていたのと同じピンクのツーピースを身に着けていたのだ。

既視感？

「どうしたの？　そんなに私、驚かせてしまったかしら？　口をポカンと開けたりして」

由巳は、あわてて口を閉じた。それから、やっと事態を呑みこんだ。

「す、すみません。気がつかなくって。有沼さん、どうされたんですか？　あ、すみません。専務は直行しているんですが」

郁子は笑顔のまま大きくうなずいた。

「どうもしないわ。林さん……あ、林専務に頼まれたイラストを今朝方あげちゃったから、少しでも早い方がいいかなと思ってお持ちしました」

「てっきり、今日の夕方に持ってこられるとばかり思ってました。この間、専務に、ぎりぎりの締切を尋ねておられたから」

由巳がそう言うと、郁子はこの前のように男っぽい笑い方をした。

「ぎりぎりの締切は、どん詰まり。内容的には、あまりいいものはできないわ。一応、聞いておくだけ。だから深夜から明け方までかけて描いてしまったわけ」

郁子は、バッグからディスクを一枚取り出して見せた。

そのディスクに林専務の注文のイラストが収められているということらしい。

「見てみる？」とディスクを差し出す。

「見てみたいです」と由巳は受け取って、「いいですか？」とパソコンを指差すと、郁子は、どうぞとうなずいた。

ケースから取り出したディスクを、由巳はパソコンに入れた。マウスを操作すると、すぐにカラーイラストが画面いっぱいに広がった。

由巳は、郁子の作品を見るのは、もちろん初めてだ。彼女がどんなイラストを描くのか、興味津々でもあった。あれほどに林専務が郁子のイラストを使いたがっていたのだから。

「ああっ」

思わず、由巳は声を発してしまった。

林専務が郁子に依頼した内容は、近くにいたのだから耳に入っていた。環境やら自然保護をテーマにした月刊の広報誌ということだった。確か専務に答えて郁子が、こう提案していたではないか。昔、小川で子供たちが網を持ってフナやらドジョウやらをすくっていたみたいなものを描いてみたいと。

そのイラストが画面の中にあった。

なんと懐かしく、そして温かみを感じさせる画風だろうと由巳は思った。小川の水面近くに視点がある。川に足を入れた腕白《わんぱく》そうな少年が網をかまえていた。小川にかかった橋が、少年の真後ろにあり、橋の上ではおかっぱ頭の少女と犬が、首を傾けて少年を見守っている。空は果てしない青空、そして入道雲。

由巳は、その瞬間、画面のイラストが、横に立っている郁子の手によるものだということに結びつかずにいた。ただ、イラストの醸《かも》し出すユーモア、そして親しみやすい柔らかな描線、淡いが印象に残る色彩が、由巳にとっては途方もなく魅力的だ。いがぐり頭の少年と、おかっぱ頭の少女の表情が、いつまでも心に焼きつきそうなほど可愛い。

「どうかしらね」と郁子に言われて、由巳は、はっと我に返った。

「素晴らしいです。専務、気に入ると思いますよ。いや……絶対にプレゼンはパスすると思いますよ。少なくとも、私は気に入りました。専務が有沼さんのことを見込んで依頼したのも、なるほどと思いました」

由巳が郁子を見上げると、嬉しそうに郁子は微笑んでいた。

「あら、郁子でいいわ、私のこと。そう言ってもらって嬉しいわ」

郁子は気持ちを素直に表に出すタイプの人間のようだった。

「そうだ、由巳さん。もう、そろそろお昼だから、ランチに行かない？　一人で食べるのも味気ないし」

あわてて由巳が時計を覗《のぞ》くと、あと五分で正午になろうとしていた。

「それとも、事務所を離れられないのかしら」

「いいえ、大丈夫です。昼休み中は鍵をかけていけば、外出していいことになっています。近いところならＯＫです」

由巳は、案じてくれた郁子に、そう答えた。こんな素晴らしいイラストを描《えが》く郁子にも興味があった。

「よしっ。そうと決まったら、行こ、行こ」

どこか、このあたりで美味《おい》しいところがあるかと言われて、二、三日前にオープンしたイタリアンの店のことを思い出した。味はどうかまだ確認していないからわからないが、そこが気になって一度行きたいと思っているると話した。

じゃあ、そこにしましょう、と二つ返事で話はまとまった。

手取本町のそのイタリアン・レストランは、表通りに面していないためだろうか、意外と空《す》いていて、スムーズに席に案内してもらうことができた。

店内を見回しながら、「へぇー、知らなかった。こんな小洒落《こじゃれ》たお店ができたんだねぇ」

と、郁子ははしゃいでいた。由巳は、そんな様子を見ると、本当にこの人は楽しい人だと思ってしまう。

日替わりのランチセットがお得だとすすめられて、ためらわずに従った。イカ墨の手打ちパスタとサラダ、そしてティラミスとパンナコッタのデザートとコーヒーが付いている。

味はなかなかで、品もいい。他の料理も食べてみたいと思えた。

「無理に誘って、よかったのかしら。でも、このお店は連れてきてもらわないと、知らなかったなあ」

「いえ、いいんです」郁子に感心されて、由巳は少し得意だった。「初めてのお店というのは、一人ではなかなか来づらいんですよね。有沼さんが誘ってくださらなかったら、この店に来るのは、もっと先の話になったんじゃないかと思います」

「さっきも言ったでしょ、私のこと、郁子でいいわよ。なかなか美味しいお店じゃない」

「はい、郁子さんとお話ししていると、何だか、すごく楽しい気分になるし」

ティラミスにフォークを入れようとしていた手を郁子は止め、少し驚いたような目で由巳をじっと凝視した。

「どうかしたんですか?」と由巳が問うと、作り笑顔になった郁子は、大きく首を振り、

「いいえ。なんでもないわ」と言った。

だが、そう答えられても、由巳は今一つ腑《ふ》に落ちない。

そのとき、もう一つの腑に落ちないことを思い出した。朝からの疑問だ。それを投げかけてみる。

「あの……。変なこと、尋ねていいですか？」

「どうぞ、なんでも」と郁子は自然な笑顔に戻った。

「そのツーピースですが、前から着ているんですか？」

由巳にそう訊かれて、郁子は虚を突かれたような表情になった。

「どうして？」

「どうしてって……。変なことだから笑わないでくださいね。実は今朝、郁子さんが夢に出てきたんです」

「あら、それは光栄ね。で、その夢に出てきた私が、この……ツーピースを着ていたとでもいうの？」

「ええ。記憶違いかもしれませんが、同じデザインで、同じピンク色でした」

郁子は、それを聞いて首を傾げた。

「夢には、色は付いていないのよ。ピンク色だったというのは、後からそうだったに違いないという思い込みにすぎないっていうけれど。だとすれば、それは後付けの記憶かもしれない。色だけでなく、ツーピースも。そう思い込んだのかもしれないわね」

「いえ、それはないと思います。郁子さんが事務所に着かれたそのときに、あんなに驚いてしまったのは、そういうことだったんです」

あまりに由巳がむきになって言ったため、郁子は、わかったわというように何度もうなずいた。

「このツーピースを買ったのは、もう数年前になるわ。色が柔らかくて、飽《あ》きが来ないの。流行とはあまり関係ないデザインだから、いつまでも着ちゃえるのよ。由巳さんは、私と会う前も、どこかで私のことを見たことが……目撃していたのかもしれないわね。それが無意識の奥底に潜《ひそ》んでいて、それで今日、私がタカタ企画を訪ねたとき、瞬間的に仮想記憶を作ったんじゃないかしら。それが、夢の中で見たんだというふうに……。そう考えると、辻褄《つじつま》が合うんじゃない」

そう言われると、なるほどそんなものかという気になる。絶対的な確信ではないが、可能性の一つとして、とりあえず自分を納得させることはできる。

「変なことを訊いてしまって、すみません。そうかもしれませんね。郁子さんて、けっこう強烈なオーラを放っていますから」

由巳はお世辞ではなく、そう言った。それを聞いて、郁子は目を細める。

「ありがとう。そう言ってもらえると、私って単純だから、素直に喜んじゃうわ。服を選ぶのって発作的だし、衝動的だから、あまり考えずに選んじゃうの」

「それがいいんじゃないですか？　郁子さんのセンスがストレートに出るから」

するとと、郁子が大きく目を見開いた。

「やっぱりそうだ。驚いた」

「えっ、何がですか？」

「今の〝郁子さん〟っていう言い方。さっきも、ちょっとした仕草でも思ったのだけれど、私の知ってる人に、すごーく似ていたから驚いたの」

「誰に似ているんですか？」

「由巳さんの知らない人よ。年齢も顔も違うから。ただ〝郁子さん〟って言うときの、声の伸ばし方やら、ちょっとした話し方の仕草で似ているところがあったから」

「はあ、そうなんですか」

由巳がティラミスを食べようとしたとき、郁子はじっとその様子を見ていた。そのときは、「なんでもないわ」と言っていたけれど、きっとそのときから、由巳が誰かに似ていると考えていたのだ。

その似ているというのは、いったい誰のことを言っているのだろうか。もしかしたら、朝起きたときに存在を感じる、あのもう一人の自分のこと……だったりしたら……。

中野由巳ではない、もう一人の自分。

そのもう一人の自分と、郁子は共通の知人だというようなことがあり得るだろうか……。

「誰なんですか？　もったいぶらないで教えて下さいよ」

「そういうところまで似ているのよね」と言いながら、郁子は腕時計を覗きこむと、慌てた様子で立ち上がった。

「気のせい、気のせい。話しこんでいたら、次の約束に遅れそう。今日はお昼をつきあってくれて、ありがとう。今日は、私にごちそうさせて。知り合った記念ということで」

由巳に有無を言わせない様子で、勘定を済ませると、郁子は小走りに立ち去っていった。

7

郁子は何故、もっと詳しく話してくれなかったのだろう？

そのときからだ。それまではぼんやりとしか意識されていなかったもう一人の自分という存在が、はっきりと気になり始めたのは。

朝、起きてすぐは、自分の分身が誰と何をやっていたかを記憶している気がする。しかし急速にもう一人の自分の記憶は薄れてしまい、この世界の中野由巳になってしまう。

朝、起きたとき、前日の由巳ではない自分の記憶が残っているときに、メモを残してみるという方法があるな、ということを思いつく。

それをやってみようか。

毎日、夢の中の連続した記憶を書き綴《つづ》っていれば、自分の頭がおかしいのではなく、もう一人の自分をよく知るための方法になるかもしれないし……。

まず、枕元にメモ用紙と、ペンを置くようにしたら、どうだろう。

子供の頃、素晴らしく楽しい夢を見たことに感激して、その夢を思い出そうと試《こころ》みたことがある。しかし、うまくいかなかった。素晴らしかった。楽しかった。それは覚えているのに、具体的な夢の内容が思いだせなかったのだ。

それで、悔しい思いをした子供の由巳は、夢を記録しようと枕元にノートと鉛筆を置いた。そして夜中に、夢の途中で目を覚ましたときに慌てて書き残したのだ。

だが、翌朝にノートを見ても楽しかったはずの夢の記録は、なにやら、わけのわからないものに風化していた。

今、由巳が試《ため》そうとしているのは、それとは違う。寝惚《ねぼ》けた状態で記す夢の記録とは違うのだ。

異なる人生を歩んでいるらしい、もう一人の自分のことを正確に知りたいための、目覚めた直後に残っている記憶の記録なのだ。

そこで、郁子とのランチを過ごした日の夜、メモ用紙とペンを用意した。

次の日の朝、目覚めると、顔も洗わないうちに走り書きをする。内容を吟味《ぎんみ》しながらだと、抜け落ちてしまいそうだった。メモに記したことは、後で検討すればいいと思った。

しかし、別の人生を過ごしている可能性のことなど、通勤のバスに乗り込んだときには、いつものように由巳はきれいさっぱり忘れていた。

その日は運よく席に座ることができた。読みかけの文庫本を取り出そうとしたら、朝、書いたメモ用紙が出てきた。

無意識のうちにバッグに押し込んだらしい。どのタイミングでバッグに入れたのか、思いだせない。

しかし、自分で書いたメモだ。自分の字であることはすぐにわかる。

〈私　田村裕美〉

自分の字で、そう書いてある。これが、もう一つの人生を過ごしているときの自分の名前なのだ。続けて、こう書いてある。

〈夫　田村洋平

娘　田村亜美〉

そして、そこでは夫と子供がいる。夫は洋平、娘は亜美というのだ。

だが、洋平という夫の名はわかっても、どんな人物なのか、顔も浮かんでこない。亜美、と声に出さずにそっと呟くと、娘の亜美の表情だけは、瞬間的に心の中に浮かび上がった。

この体験は、これまでも何度かある。心の中で思い浮かべたことは何度もあるのだが、今回のようにメモ用紙に書きつけたことは初めてだ。

今朝、記したものは、これだけだ。このメモに、次々に新たな情報を書き加えていくことで、由巳ではない、裕美の人生を知ることができるかもしれない。

しばらく、そのメモを眺め、再びメモをバッグの中に押し込んだ。

何のために、こんなメモを取って、もう一つの人生が存在するなんていう錯覚をひきずらなければならないのかという想いが湧きあがってきたからだ。

そんな相反した考えが、由巳の心の中でぶつかり合っていた。

「水道町、次は水道町」

車内アナウンスの声に、由巳は我にかえった。次はもう下車する停留所なのだ。その日の通勤バスの乗車時間はとても短く感じた。

タカタ企画は、今日も午前中は由巳一人だった。社長は福岡へコマーシャルの録音立会いに出かけている。林専務はデザイン事務所に直行してから出社するという連絡をもらった。

緊急の仕事はなかったので、前日の企画書の続きにかかろうかとパソコンに向かった。マウスを握り、企画書のファイルを開いたときだった。

ドアが開き、男が入ってきた。

「失礼します」

丁寧《ていねい》な口調だ。

「はい」

由巳は立ち上がった。それから男を見て、訳のわからない衝撃に襲われた。その理由に想いを巡らせ、思いあたる。

——この男を知っている。

由巳の膝がガクガクと震えた。

「突然お邪魔して申し訳ありません。こちらはタカタ企画さんですよね」

「はい」と由巳は答えた。だんだん何かが氷から溶けて出現してくるような……。

間違いない。名前もわかる。こんなことが、あり得るだろうか。

今朝のメモにあった、田村洋平だ。もう一つの世界では、自分の夫の……。

もう一つの世界は夢などではないのだ……実在するのだ。記憶のダムが決壊したような気がした。

もう一つの世界では、自分は洋平の妻のはずだが、洋平はどうなのだろう、気づいているのだろうか。

男は由巳に名刺を差し出した。「ケー・オー・エス　営業　田村洋平」とあった。

「ケー・オー・エス」とは片平オフィスサービスの略ですよね、と思わず口にしかけるのを、由巳は慌ててこらえた。

「事務用品を取り扱っております。特にパソコン用伝票類は、他所《よそ》よりもお安く提供できる自信がございます。林専務はお出かけでしょうか？」

この男は、由巳に営業マンの訪問話法で語りかけているにすぎない。しかし、由巳は自分の喉《のど》が、からからに渇いているのがわかる。

「専務は、今、外出しています。直行なので、帰社は午後になると思いますが」

「そうですか。林専務を御紹介頂いたので、ご挨拶を兼ねて参上致しました」

「はい……」

男の営業マンとしての態度に何の変化もないので、由巳は徐々に落ち着きを取り戻した。

男が由巳に特別な何かを感じ取っている様子ではないし、まして自分のことを妻などとは思っていないようなので、ひとまずは少しほっとしたのだ。同時に、以前からぼんやりと気になっていたもう一つの人生での、夫の洋平のことも、うっすらと思いだされてきた。

もっと無口で、裕美である自分に注意を向けることもなく、いつもテレビの前のソファにだらしなく寝そべっているだけの洋平……。

目の前の男は、そんな田村洋平の姿とは違う。

それは、田村裕美が知らない、家庭の外での仕事中の夫なのである。

とすれば……奇妙なことに由巳は思いあたった。

現時点でも、洋平の家には、由巳の異世界の分身である裕美が存在するということだろうか。

「中野さん、とおっしゃるんですよね？」

洋平がそう言った。

由巳はあわてて背筋を伸ばした。何故？　なんで……。

「は、はい。どうして私の名前をご存じなのですか？」

思わずタメ口になりそうなのを、由巳はどうにか抑えて言った。

「有沼郁子さんは、ご存じでしょう？」

「は、はい」

「彼女の紹介なんですよ。挨拶に行っておいたらどうかって。もし、誰もいなくても、中野さんという方がいるから話しておくようにと言われました」

それで由巳にはわかった。もう一つの世界で裕美である自分は、やはり郁子のことを知っていたのだ。だから、着ている服もぼんやりと見覚えがあるということか。

「あ、郁子さんですね」

もちろん、洋平は、自分の目の前の由巳が自分の妻である裕美と繋がった心を持っているなぞとは、思いようもないはずだ。そんなことは常識ではあり得ないことなのだから。

だが、由巳が「郁子さん」と言ったときに、洋平の身体が一瞬だけ凍りついたようになり、信じられないという表情を浮かべたのを、由巳は見逃《みのが》さなかった。そのとき、洋平は、由巳の話し方に、一瞬だけ自分の妻との共通点を見つけたのではないか。

しかし、洋平はすぐに柔和な笑顔に戻った。

「そうです。弊社の業務が必ず御社のお役に立つことができると、有沼様にご推薦頂いたものですから。林専務がご不在なら、中野さんにご挨拶だけでもするようにと言われましたので」

「そうなんですか」

目の前にいるスーツ姿の洋平は、立居振舞いも折り目正しいし、話しぶりも歯切れがいい。そんな洋平に好感を抱《いだ》いてしまう自分を、由巳は意外に思う。

いや、一度は洋平のことを魅力的だと思ったからこそ、もう一人の自分の田村裕美は洋平と結婚したのではないか。だから、外で見せる洋平の顔に由巳が好意を持ってしまうのは、不思議でもなんでもないのかもしれない。

「では、また出直すことにします。どんな時間帯でお訪ねすれば、林専務にお会いできるでしょうか？　一度、お電話を差し上げてから、うかがうべきなのでしょうね」

「そうですね。在社しているときは、ほぼ一日いることもありますから、お電話を頂いて確認されるのが一番いいかもしれません」

「わかりました。では、名刺とこれをお渡し下さい」

シャープペンとボールペンのセットだった。販促用の品ということか。一つは中野さんがお使い下さい、と二セットを置き、「では失礼します」と爽やかな笑顔を残して洋平は去っていった。

洋平がいなくなった部屋で、由巳はしばらく胸の鼓動がおさまらずにいた。頬もまだ火《ほ》照《て》りがおさまらないのがわかる。

置いていった名刺を、由巳はもう一度眺める。

田村洋平。

その名刺とペンセットを、由巳は林専務の机の上に置いた。

これから、洋平はしょっちゅうタカタ企画に顔を出すことになるのだろうか。有沼郁子の紹介ということであれば、そうなのかもしれない。


林専務は夕方、帰社した。

洋平の名刺を見て、「有沼くんの言っていた例の……」と呟いた。

「挨拶に見えました。次回は専務のご都合を聞いてからうかがうということでした」と由巳が伝えると、「うん」と林専務は大きくうなずいた。

「彼女の紹介なら、少しはお付き合いしなきゃならんなあ。真面目な人物らしいし。コンぺもパスしたし」

それは由巳には初耳だった。郁子のイラストのおかげでコンぺに勝利したのであれば、専務がそう思うのも当然だろう。しかし、すでに林専務の耳に洋平のことが届いていたのは驚きだった。

「この名刺の番号に電話を入れてくれないか？　もしも、これからでも来てくれるなら、話を詰めておこう」

そう専務に言われて、由巳が時計を見ると、すでに五時前だった。渡された名刺の番号に由巳は連絡を取った。

電話の向こうの田村洋平の声は明るかった。二つ返事で、これからタカタ企画に向かうと答え、それから由巳にも礼を述べた。

「有沼さんの言ったとおりだ。中野さんのおかげですね。こんなに早く話が転がるなんて。困ったときは中野さんにお願いすればいいって、有沼さん、言ってましたから。あの、彼女は私の小学校の同級生なんです。私のこと、営業とかには絶対向いていないから助けてやらなくっちゃ、と思ってるんです。世話好きというか。おかげでずいぶん助けられましたけれどね」

よくしゃべる洋平が不思議だった。断片的に蘇《よみがえ》る洋平の記憶は、もっと無気力で無口なイメージではなかったか。いつも何を考えているかわからない、精気のない……。

「はあ」と戸惑いつつ、由巳は相槌《あいづち》を打った。

「このお礼は、あらためていたします」

「いえ、なんでもないことですから。では」

由巳は電話を切った。

少し腹が立っていた。あれが、もう一人の自分の夫なのだ。よその女性に軽々しくお礼なんて考えるくらいなら、自分の妻のことをもっと考えたらどうなのか……。

それから十五分も経過しないうちに、洋平は再びタカタ企画にやってきた。

商談がスムーズに進行しているのがわかる。とりあえずコピー用紙あたりからお付き合いを始めさせて頂きましょうか、と林専務が言った。

お茶を出す由巳に、洋平は振り返って会釈をした。それは、由巳に対して、感謝の意を伝えるためだったらしい。

六時過ぎに由巳が退社するときも、林専務と洋平の商談は、まだ和《なご》やかに続いていた。

由巳は、「失礼します」と声をかけて、さっさとタカタ企画を後にした。

8

起きてすぐに、ペンと紙を探した。足に当たるのは、洋平だ。自分は田村裕美だ。

急いで記録しておかなくては。忘れないうちに。中野由巳である記憶が残っているうちに。

時計を見ると、六時二十五分。まだ目覚ましも鳴っていない。

前々夜の中野由巳の決心だけは、はっきりと思いだした。起きたらすぐに、前日の自分が何者であったかを記録しておくこと。少しずつでも、もう一人の自分の姿が正確に見えてくるように。

電話の横に置かれていたメモ用紙とボールペンを手に取った。

覚えているすべてを書き記す。

〈私は、中野由巳。二十四歳。勤務先、タカタ。高田社長。林専務。コンペ。有沼郁子。勤務先に洋平がやってきた。〉

そこまで書いたときに、けたたましく目覚ましが鳴った。

あわてて目覚ましに手を伸ばす。すると、みるみる裕美の記憶が心の中で蘇ってくる。そして同時に、中野由巳としての記憶が縮小する。

とりあえず、簡単ながらも、もう一人の自分についてのメモを取ったことで安心した。夢日記のように、後で見たときに、ちんぷんかんぷんで意味不明の記述でないことを祈るばかりだが。

裕美である自分が溢《あふ》れかえる。亜美には、今日は水筒を持たせる必要がある。保育園近くの公園へのお散歩が予定に入っているから忘れないように、とプリントにも連絡帳にも書かれていた。

弁当の準備と朝食の準備。

洋平が目を覚まし、いつものように無気力状態で家を出ていった。数日前に洋平自身がレンタルしてきたゾンビ映画のシーンそのままのように。

亜美が目を覚ます前に、寝室に戻り、気になっていたメモ用紙を持ってきた。

目を覚ましてすぐに慌てて殴り書きしたものだけに、のたくった字体だ。しかし、自分の文字であることは間違いないと裕美は確認した。

何度も何度も目を走らせる。

もう一つの世界では、仕事が楽しい。誰にも束縛されていない。そんなイメージだけは漠然とある。田村裕美としての自分がストレスですりきれてしまうことがないのは、そのせいかもしれないのだ。そしてその正体の糸口がここにある。半ばわかっていて、半ばわからない、あやふやな真相が。

——中野由巳。

もう一人の自分も、「ゆみ」というのか。由巳と書いて。

見ていなければ思いだせないが、見てしまえば、そうだ、もう一人の自分の名は、間違いなく中野由巳なのだと思いあたる。二十四歳……。今の自分より、ずっと若い。将来に対して選択ができる年齢だ。

——勤務先、タカタ。高田社長。林専務。

裕美には何の連想も生まれては来ない。もう一人の自分の勤務先なのに……。

――コンペ。有沼郁子。

有沼郁子とあったのが意外だった。同一人物なのだろうか？　私が知っている有沼郁子と。

どうしよう。今度、郁子さんが税理士事務所に訪ねてきたときに質問してみようかしら。裕美に、そんな考えも生まれた。有沼郁子ならば、交際範囲もきっと広いはずだ。もう一人の私とも知り合いかもしれないし……。

郁子に尋ねると、もっとくわしくわかるかも……。いや……、そんなことを尋ねるべきではないという考えも浮かんできた。そんなことを話しても、郁子は裕美の神経を疑うだけではないか。どう説明すれば、わかってもらえるのか。はなはだ自信がない。郁子の名前を書いたのは、頭がそのとき混乱していたからかもしれないではないか。

それは止めておこう。

やはり、自分の記憶を蘇らせる努力から始めるべきか……。

メモの最後に、洋平の名前があることに奇妙な感じがした。

〝洋平〟というメモを見たとき、裕美の心に洋平の顔が浮かび上がった。

が、自分が一緒に生活している夫とは別人のような気がしてならない。

何故だろう。洋平は、穏やかな笑顔をこちらに向け、しきりに何事かを話しかけてくるのだ。

何と言っているのだろう。

洋平だということは間違いない。スーツを着ている。ということは、勤務中の洋平の表情なのだ。昔、洋平と知り合ってすぐの頃には、こんな笑顔を裕美に見せてくれていたような気がする。今は、笑顔どころか、感情まで失ってしまったかのように感じることがある。

これほど洋平は、家庭内と外では態度が異なるものだろうか。

裕美は、そのイメージに呆《あき》れつつも、同時にその笑顔が素敵だとも思った。

「仕事先では、営業スマイルとか、ちゃんとできているの？」

もし、目の前に洋平がいたら、そう裕美は訊いたかもしれない。

メモを眺めていても、それ以上は連想が広がってこない。中指と人差し指でメモ用紙を数度とんとんと叩《たた》く。裕美が考えごとをしているときの、無意識の癖のようなものだ。

はっ、と思いついて、電話の横に置かれていたタウンページを手に取って繰り始めた。

タカタという社名から、いくつかの連想が生まれたのだ。

タカタは物販会社だったのか？　あるいは……。

タカタ……タカタ……。

あった。タカタとつく名前で一社ある。

タカタ企画（広告）　㈹352―9×××　水道町8―××

その活字を裕美は穴があくほど見つめる。

昨日まで、タカタ企画なる社名など、聞いたこともなかった。そして夢の中の記憶であるはずの社名が、現実の電話帳に記載されていることを知ったのだ。

夢の世界もこの世界も、同じ世界ということなのか。

偶然かもしれない、という可能性も同時に考えて、疑ってみる。いかにも、どこにでもありそうな社名ではないか。偶然に、そんな会社が電話帳に載っていても、ちっとも不思議ではないではないか。パソコンで検索する。タカタ企画……。

出た。代表者名、社長・高田謙一《けんいち》。合致する。

亜美が起きるまで、まだ少々時間があった。手が電話の受話器に伸びた。裕美は自分でも、自分が今やろうとしていることが信じられなかった。押しているナンバーは、タカタ企画の電話番号なのだ。

この時間帯に電話をしても、まだ誰も出社しているはずがないという安心感もあったのかもしれない。しかし、そこまでやってしまうというのは……。

数時間後には、この電話には、もう一人の自分である中野由巳が出るかもしれない……。

確かめずにはいられない。

耳にはコールする音が繰り返す。まだ、誰も電話に出ることはない。しかし、この受話器の向こうに繋がっていることだけは確かなのだ。

裕美が受話器を戻そうとしたとき、カチリと着信音が止まる昔がした。裕美はあわてた。どうしよう。

「はい、タカタ企画です」

若い女性の声だった。

裕美は受話器を落としそうになった。動悸が激しくなる。しかし、これは録音の声であることに気がつく。

「お電話ありがとうございます。弊社の営業時間は、月曜から金曜までの午前九時から午後六時までとなっております」

そこで、裕美は受話器を置いた。今の女性の声が、中野由巳の声なのだろうか。

自分の話し方やアクセント、イントネーションまで含めて、まったく違う。声の質が違うのは当然だろうが、裕美はそのとき違和感を抱《いだ》いた。

いや、タカタ企画には、他にも女性社員がいるのかもしれない。その可能性も大きいではないか。

心臓の鼓動はなかなか鎮まらない。

もう絶対にタカタ企画には近付かないことにしよう。そう、心に決めた。

何かの原因で、心はつながっているとしても、身体はまったく別の人生を送っているのだ。干渉しあうべきではないのではないか。何故かそう思えた。

その日を境にして、裕美の内部で由巳の記憶が少しずつ覚醒し始めたような気がする。

9

裕美の変化は、中野由巳にも同じように起こっていた。最初はくもりガラスの向こうに動く影のようなものだったのだが、徐々に輪郭《りんかく》がはっきりとしてくる。そんなことが起こり始めた。

数日が過ぎた。

洋平がタカタ企画へ顔を出す頻度は、日を追って増えていった。林専務が比較的ゆっくりとできる時間帯に合わせて顔を出しているようだ。

タカタ企画へ顔を出すときの洋平と、裕美の前で見せる態度と、とても同一人物とは思えない。いつも、ぴしっとスーツを着こなし、立居振舞《たちいふるま》いも無駄がなく、隙《すき》がない。そして常に表情が爽《さわ》やかで笑顔が絶えない。

極端に言えば、今、由巳が目にしている姿と、裕美の前でくつろいでいるときの姿は、天と地ほども違う。しかし、これほど男の態度というのは変化するものだろうか。

今日も爽やかな笑顔で現れた洋平を見て、由巳は思わず魅《ひ》かれそうになる自分に驚き、あわてて気持ちを切り替えた。

林専務と洋平が話しているのを横目で眺める。話がはずんでいるようだ。

林専務の趣味や嗜好《しこう》も、有沼郁子からきっちりとリサーチして来ているようだった。林専務は読書家であり、映画も大好きだ。好きなジャンルの本と、勉強のための本、時代に遅れないための本とは区別して読んでいるようだ。そして、好きなジャンルは、冒険小説やミステリーであることを、二人の会話で由巳は初めて知ったが、そのことを洋平はすでに承知しているようだった。

つづけて林専務は、自分のお気に入りの本や、最近で面白かった本について語った。そのうちの何冊かは洋平も読んでいることもわかった。家でごろごろしていたとき、洋平は本を読んでいたりしたのだろうか。そのあたりは、あまり記憶にない。

だが、洋平は的外れな相槌《あいづち》を打っているわけではない。それは林専務の満足そうな表情を見てもわかる。

「ええっ。その作者を知っているなんて、ただものじゃないなぁ。あちらでは人気あるけど、日本じゃあ、あまり評判にならないんだよ。そのシリーズも初期のやつは、ほとんど手に入らなくなっているらしい。もったいないよなあ」

林専務の声が高くなる。

それから映画の話に移っていった。洋平は若い頃は、映画が大好きであったことを知る。映画の知識も半端《はんぱ》ではないように思えた。裕美が洋平に映画に連れていってもらったことはあるのだろうか。そんなことが由巳は気になった。

洋平が帰った後、林専務は上機嫌で、仕事中の由巳に話しかけてきた。

「ケー・オー・エスの彼、若いけれど、なかなか頑張っているよなあ」

それに対して由巳は、どう答えていいものかわからない。

「そうですね。お二人のお話が盛り上がってましたけれど、私には少し難しすぎて、よくわかりませんでした」

「そうか、そうか、マニアックすぎるか」

そう言いながらも、林専務は満更でもない様子だった。

そのとき、由巳はある衝動に駆られている自分を感じていた。

――裕美！　あなたは夫のほんの一部分の貌《かお》しか知らないのよ。

そう、由巳は心の中で叫んでいた。

洋平がタカタ企画を訪れるタイミングに規則性があるわけではないということに、由巳は少しずつ気づいた。

その日もそうだ。

林専務から企画書の二案と三案を作っておくように指示を受けていた。一押しの企画は、すでに林専務の方で作り上げている。ただ、先方のクライアントはこれまで必ず最低でも三つの案を要求するという。だから、勉強のために二つの案を作ってみろという由巳への指示だった。レポート用紙に下書きしながらも、由巳は文章に詰まってしまう。

思い巡らせるが、なかなか言葉がまとまらない。右手でボールペンを握ったまま、左手の中指と人差し指で机をとんとんとんと叩き続ける。そんな昼下がりだった。

突然、人の気配を感じて、由巳は思わず身をすくめた。誰かいる。企画書を作ることに神経を集中していたから気がつかなかったのだ。

目の前に、田村洋平が立っていた。

彼は由巳の左手の指先の動きを目で追っている。由巳は身体を硬直させた。「洋平」と言い口に出しそうになったのを呑みこんで、「すみません。まったく気がつかなくて」と言い訳をした。

洋平も、由巳のどぎまぎした態度に申し訳ないと思ったのか、深々とおじぎをした。

「こちらこそ、すみません。入るときに、失礼しますと言ったのですが、声が小さかったのでしょうか？　申し訳ないです。驚かせてしまったのでしょう」

「い、いいえ。熱中していると周囲のことがまったくわからなくなったりすることがあるものですから」

もう一人の自分でいるときの夫である洋平に、気を使ってしまう。奇妙な感覚だ。

「林専務は今日はお出かけですか？　在社しておられるかどうか、確認しないまま押しかけてしまい、すみません」

林専務に紹介してもらった見込み客を訪問したところ、感触がとてもよかったので、一刻も早く報告をしたいと思い、少し舞い上がってしまって、立ち寄ったのだという。

その日、専務は夕方まで不在だった。その旨を告げると、洋平は突然言った。

「あの、バッグをちょいと見ておいてもらっていいですか？　すぐに戻ってきますから。お願いします」

由巳の返事も待たずに、洋平はタカタ企画を飛び出して行ってしまった。何のために出ていったのか、見当もつかない。

しばらくして、ビニール袋を持った洋平が戻ってきた。

「どうしたんですか?」

「上通りまで行ってきました。中野さんをびっくりさせたお詫《わ》びです。それに、いつも中野さんにはお世話になっているし」

洋平は白いビニール袋から二本のペットボトルのお茶と紙包みを取り出した。

由巳は直感でわかった。上通町《かみとおり》で売っている蜂楽饅頭《ほうらくまんじゅう》だ。いや、由巳の知識ではない。田村裕美の好物だということを何故か思いだす。

蜂楽饅頭はハチミツ入りの回転焼きだ。黒餡《あん》と白餡がある。

「お好きだといいのですが。一緒に食べませんか。お茶も買ってきましたから。多めに買ってきましたので、高田社長や林専務にもお願いします。あっ……社長は甘いものは大丈夫でしょうか?」

「大丈夫だったと思います」

「それはよかった。できたてを買ってきたのですが、これは冷めてもオーブンで焼いて食べれば、またおいしくなりますから」

「あっ、そうなんですか」と少し呆れ気味に由巳は答える。だからと言って、そう悪い気はしない。

それにしても、洋平の饅頭に関する知識はどこで仕入れたものか気になる。ひょっとして裕美でいるときに洋平の前で、そんなことを自分が口走ったのかもしれないないと思う。洋平が言っていることは、その受け売り？　どうでもいい話題のときに、洋平が真剣に裕美の言うことに耳を傾けてくれていたのだろうか。由巳としても複雑な気分だった。

裕美の前では見せない邪気のない笑顔で、洋平はペットボトルのお茶を一本、由巳に渡す。そして蜂楽饅頭の包みを開ける。

「さあ、食べましょう。温かいうちに」と洋平は促《うなが》して、包みを開けていた手が一瞬、止まった。

「中野さん、どうしたんですか？」と洋平が尋ねた。

「い、いえ」と由巳はあわてて答える。

「そうですか。険しい表情になっていたから。甘いものが苦手だったのかなあ、と思って。ほら、落語でもありますよね。饅頭こわい！　って。あれとは話が違いますけどね」

由巳は、自分がそんな表情を浮かべていたのかと驚いた。

本来、由巳は甘いものが苦手なわけではない。むしろ大好きなのだ。

蜂楽饅頭を手にすると、ぱくぱくとすぐに一つたいらげてしまった。

その様子を見ていた洋平は、嬉しそうに言った。

「中野さん、やっぱり甘いものが好きだったんですね」

「私が甘いもの好きというのを知ってたんですか?」

「そうですね。私のカンのようなものです」とうなずきながら洋平は言って、自分も蜂楽饅頭を一個、うまそうに頬張る。

すっかりくつろいでいる様子に見えた。今、突然、社長や専務が帰社したら、どうするつもりなんだろう、と思ってしまう。しかし、由巳もペットボトルのお茶をご馳走になって、二個目の蜂楽饅頭を手にしている。いかにも自分と洋平は親しそうに見えてしまうのではないか。

それは困る。

田村洋平は妻帯者……。それも、もう一人の自分である裕美の夫……。

洋平は椅子を引き寄せ、由巳の近くに腰を下ろし、机に左手を置いて、こう尋ねた。

「これって、中野さんの癖なんですか?」

左手の中指と人差し指で、とんとんと机を規則的に叩く。

自分がそんなことをやっていたのだろうか、と由巳は思う。

「わかりません」と正直に答えた。自分の癖は、自分ではなかなか認識できないものだ。人から指摘されても、そんな癖があったのだろうかと奇妙に思うくらいのものである。

「いや、さっき私が入ってきたときに、一所懸命に考えごとをしながら、こう……とんとんとんと、やっておられましたから」

洋平が入ってきたことに気づかず由巳は驚かされたが、洋平の方もなぜか驚いた表情をしていた。それが、このことだったのかと由巳は思う。

おずおずと由巳は左手を机の上に置き、洋平の動きを真似るように中指と人差し指を交互に動かす。

とんとんとんと叩く。その動きになんの違和感もないことに由巳は気がついた。

スムーズに動かせる。

「そう、そう。そんな感じですよ。中野さんの癖なんでしょう?」

「癖って、自分ではわからないものなんですね。いつも、こんな感じでやっていたんでしょうか。見ていたら、イライラしますよね」

そう言って由巳は肩をすくめながら、ふと思う。この自分でも気がつかなかった癖は、ひょっとしたら裕美にも同じようにあるのではないか。そして裕美も同じく自分でも気がついてはいない。だが、洋平は裕美の癖として認識していた……。

「いや。イライラなんて、するわけありませんよ。ちょっと気になっただけです。深い意味はありません」

洋平は、あわてて手を振った。そんな実直そうな仕草の洋平に裕美は魅かれたのかもしれないなという考えがよぎる。ということは、自分も洋平のことを異性として満更《まんざら》でもないと思っていることになるのではないか……。そう思うと、由巳と洋平の会話が少し途切れた。

由巳としてはなんだか素直に言葉が出ないし、洋平も何やらぎこちない感じだ。由巳が仕事に戻らなくてはならないのだと感じ取ったらしく、洋平が立ち上がった。

「すみません。お忙しいときに長居して、お仕事の邪魔をしてしまったようで申し訳ありません。今日は、これで失礼します」

「そうですか。甘いもの、ごちそうさまでした。林専務が帰りましたら、田村さんがおいでになったことをお伝えしておきます」

「お願いします。また出直しますので」

洋平はそう告げて、その場を離れようとする。そして立ち止まって振り返った。

洋平が何か言いたげに口籠《くちごも》っているのがわかる。由巳は不安になり、必死で何も言わないで、と願う。不安の正体が明確になることを恐れながら。

そのとき、洋平は思いきったように言った。

「こんなことをお尋ねするのは失礼だということは、百も承知ですが……、中野さんは、お付き合いしておられる方とか、いらっしゃるのでしょうか?」

洋平がそう言った直後、ドアが開き、林専務が帰社したのだった。

10

田村裕美の耳にも、あの洋平の言葉が、強烈に残っていた。

「中野さんは、お付き合いしておられる方とか、いらっしゃるのでしょうか?」

信じられない言葉だった。あの問いに、由巳がどう答えたのかは、はっきりしない。どう答えるべきなのか必死で思い巡らせていたという記憶はある。

同時に、こうも思っていた。あなたは妻帯者ではないか。よその女性にそんなことを尋ねる必要があるのか……。

思い出せない。

中野由巳は、あのとき、どう答えたのだろう。ペットボトルのお茶を飲んだばかりなのに、喉がからからに渇いてしまったような感覚は残っているのに、洋平に答えた言葉の記憶は空白のままだ。

ただ、林専務が帰ってきて、会話が断ち切られたのだったが……。

由巳がどう答えたのかだけが、どうしても思いだせず、気になって仕方ないのだ。

まだ、洋平は帰宅しない。もう夜の八時半を過ぎている。亜美はすでに眠っていた。

今日一日は、中野由巳に洋平が尋ねたあの言葉が頭から離れずに、仕事を効率よく進めることができなかった。いくつかミスも残している気がする。

洋平は電話一本かけて来ない。裕美は、それも腹が立つ。

七時をまわった時点で亜美に食事をとらせるときに、自分も一緒にすませてしまっているし、毎日こんな生活が続いているから慣れているはずなのだが、タカタ企画での洋平のことが思いだされて、誰にもぶつけようのない不満が溢れてくるのだ。

タカタ企画を訪れて、あんなにのんびりと油を売っていたのだから、もっと自分なりにうまい時間の使い方ができないものか……。会社に帰ってから、残務を片付ける。それで帰宅も遅くずれ込んでしまう。あまりにも仕事の段取りがまずいと思えてならない。

その皺寄《しわよ》せが自分に来ているのだ。こうして後片付けができずにテーブルで頬杖をついている。つきたくもない溜息が、何度も裕美の口から洩《も》れる。

ドアが開く音がした。

夫の気配に間違いないと思う。咳ばらいが聞こえる。足音が居間に近付いてくる。

「ただいま」

「お疲れさまです」

「亜美は？」

洋平はスーツをすでに脱いでいる。

「休みましたが」と答えながら、裕美は洋平の顔をじっと見た。タカタ企画で洋平が見せた爽やかな笑顔の痕跡は微塵《みじん》もない。

「ああ」と答え、洋平は不思議そうに、「どうかしたのか？」と凝視している裕美に問い返してきた。

本当は「最近、タカタ企画に行ったでしょう」とか、「何を考えているの？」と問い質《ただ》したい気持ちなのだが、もし、そんなことを口にしても、理路整然としたやりとりにならない気もする。

「なんでもないけど。どうもしないわ」

そう答えるしかなかった。

「ふうん」

洋平はなんだか納得できない様子だった。

「なんか、嫌なことでもあったのか？」

珍しく裕美のことが気になるようだと思える。いつもならば、ボーッとテレビの画面に見入ったまま、裕美が話しかける言葉にも生返事をするばかりなのに。

「ちょっと嫌なことがあったんです。気にしないでいいです」裕美はそう答える。「そんなきつい顔になってますか？」

洋平は肩をすくめた。

「じゃあ、ぼくにできることは、とりあえずはないわけだ」

「いいんです。明日になったら気分が切り替えられるはずですから。食事、まだでしょう。用意します」

ああ、と洋平は答える。次の瞬間には洋平の頭の中のスイッチはあっさりと切り替わったらしく、発泡酒を開けると、視線はいつものようにテレビの画面に固定された。

焼魚と酢の物を交互につまみながら、ニュース番組を見る。そのニュースに関して何の感想を漏らすこともない。あれほど林専務との会話では多方面にわたって盛り上がっていたというのに。

発泡酒を飲み干すと、ちょうど国政関係のニュースが終わって、歳時記的な全国のイベントの紹介になり、そこで洋平はテレビ画面から目を離した。

「ご飯にします？」

「ああ」

そして、あらためて洋平は裕美を見た。

何も言わないが、ふだんではなかったことだ。会話がなくても夫には自分の心の動揺がわかるのだろうか、と裕美は思う。

いっそのこと、あっさりと聞いてみようかしら……。しかしどう言えばいいのか。

タカタ企画のことを尋ねてみようか……。それではあまりにも唐突だし、不自然すぎるではないか。

そうだ……。

「郁子さんに会ったの」

そう、裕美は切り出した。そのときは、すでに洋平の視線はテレビの画面に戻っていた。

有沼郁子に会ったのは、その日のことではない。数日前に事務所に訪ねてきたことを言っているのだ。だから、裕美は嘘を言っているわけではないと自分に言い訳をする。

洋平の反応を知りたかっただけだ。

洋平は有沼郁子の紹介ということでタカタ企画を訪れたわけだ。郁子と話したと匂《にお》わせることで、タカタ企画のことも話題に出たのではないかと思うのではないか。

だが洋平は、あまり期待したような反応らしい反応を見せてくれない。テレビの画面から視線をはずすこともない。

「ふうん」と呟くように洋平は言った。「最近は、有沼はずいぶん顔を見ていないなあ。元気にしているのか？」

それは、裕美にとって予想外の答えだった。なにかが食い違っているように思える。ひょっとしたら洋平は、それほど鈍い感性の持ち主なのか。

郁子が初めてタカタ企画を訪ねてきてから、そう長い期間は経《た》っていないはずだ。その後に洋平にタカタ企画のことは紹介したはずなのだから。

最近、ずいぶん顔を見ていないというのもおかしなことだ。

しかし洋平は動揺しているようにも見えない。嘘をついているようでもない。

そのとき洋平は、テレビから目をはずして、再び裕美を見た。きょとんとした目で、裕美の返事を待っている。あわてて裕美は言った。

「え、ええ。元気にしてたわ。……いつも郁子さんは元気なんだけれど」

洋平はうなずくと、またテレビに視線を戻しながら言った。

「あいつは、いつも元気なんだ。あんな仕事をしているけど、顔は広いからなあ。元気のおかげだろう。そう言えば、またそろそろ連絡のある時期かもなあ。正月のクラス会の打ち合わせとか、どうとか。必ず連絡してくるはずだし。そんな話は、してなかったのか？」

「そんな話は聞いていません」

「そうか」

洋平は裕美の方も見ずにうなずいた。

すでに食事は終わったようだ。裕美は、洋平の前に並んだ食器を片付ける。

流しで食器を洗っていると、亜美の声が聞こえた。

「パパ、お帰りなさい」

洋平が帰ってきた気配で、目を覚ましたらしい。

「おお、起きたのか。パパは嬉しいでしゅ」

そう言って、洋平は亜美を膝の上に抱きかかえた。

「あっ、パパ、やめて。おヒゲが痛いから、ほっぺすりすりしないで」

「これだけがパパの楽しみだ。ほっぺすりすり」

その様子を見ていて、裕美はわからなくなる。

ひょっとして、裕美がいる世界と、由巳がタカタ企画に勤務している世界は、まったく関係のない世界なのだろうか。

11

記憶がところどころ斑《まだら》のようになっているものの、中野由巳は、自分が田村裕美であるときのことも、よく覚えていられるようになったと思う。

ぼんやりと感じているという程度だった田村裕美のことを、かなり明確な映像を伴って思いだしてしまう。少し以前は、もう一人の自分が、もう一つの世界にいるというあやふやな感覚だったのに。

これは、自分の不思議な体質が強化されてきたと考えるべきなのだろうか。

その日の朝も、由巳には前日に幼い娘である亜美を抱きよせた裕美の感覚が鮮明に残っていた。そして、由巳であっても、亜美のことを愛《いと》おしい、守ってやりたいと思っている自分がいることに気づいた。

そんな状態になっても、中野由巳として出勤の途中では、今日は何の仕事から始めるべきなのかと律儀に考えを巡らせていることは相変わらずなのだった。

タカタ企画に着いた由巳は、ずっとひっかかっていたことを思いだした。

机の上のメモ。

〈明日　午後七時　ロッソ〉

これは由巳自身の走り書き。

昨日、田村洋平が何の予告もなく訪ねてきたときのことだ。洋平は耳を疑うようなことを口にした。

「中野さんは、お付き合いしておられる方とか、いらっしゃるのでしょうか？」

そして、熱い視線で由巳の返事を待っていた。だが、あのときは、うやむやになってしまった。

ちょうど林専務が帰社したからだ。そして、すぐに洋平は、林専務と、紹介してもらった見込み客を訪問した経過を報告する話に入ってしまった。

本来の洋平のタカタ企画訪問の目的は、そうだったはずだ。

林専務と洋平の話は十五分ほどで終了して、洋平は由巳に会釈をしてからタカタ企画を去ったのだった。

その後のことだ。

電話が入った。

由巳が電話をとると、相手は今帰ったばかりの田村洋平だった。

「ケー・オー・エスの田村です。先ほどはお邪魔しました」

「あ、いえ」

由巳は、洋平が林専務に言い残したことがあったのだろうかと、まず思った。もしくは、何か忘れ物をしたとか。

あのとき、由巳は洋平に対して、「林専務ですね。すぐに代わります」と言おうとした。しかし、それより先に洋平は言ったのだ。

「中野さんに話さなきゃって、思いきって、電話しました」

「えっ、何でしょうか？」

そのとき、由巳は先ほど洋平に訊かれたことに答えていないことを思いだした。誰かと付き合っているかどうか確認するための電話なのか。

が、そうではなかった。その次の洋平の言葉に、それ以上の衝撃を由巳は受けたのだ。

「明日の夜、時間を作って下さい。私と食事でもと思って」

「はあっ？」

洋平としても、かなりの勇気を振り絞ったのかもしれない。その証拠に、面と向かって話すときの洋平の声よりも上擦《うわず》っているように聞こえた。

「冗談なんかじゃありません。明日の夜七時。水道町にイタリアン・レストランがあります。〝ロッソ〟というお店ですが、けっこう美味しいんです。そこで待っています」

由巳は、持っていたボールペンで、あわてて〈明日　午後七時　ロッソ〉とメモした。

「あ、あの……」

どう答えたものかと、由巳は迷った。いろいろな思考が同時に渦巻いて、うまく言葉にまとまらなかった。

洋平がもう一度言った。

「大丈夫です。遅くなっても待っていますから」

そんなことを言いたかったのではない、と由巳が思ったとき、電話は切られてしまったのだった。

「どうかしたのか?」

受話器を置いた由巳に、心配そうに林専務が声をかけた。

「あ、いえ、何でもありません」と由巳が答える。

「それならいいけれど、何だか、いつもと口調が違ったから、いたずら電話でもかかってきたのかと思った」

「大丈夫です。あの……あの……間違い電話でしたから」

そう、由巳は答えた。

林専務がそれを信じたかどうかはわからない。不思議そうな表情で、再び机に目を落とし、仕事にもどった。

洋平から食事に誘われたと言うこともできた。しかし、由巳は言わなかった。洋平に対しての評価が落ちるような気がしたからだ。結果的に洋平をかばってしまったかな、と思う。

あのときに咄嗟《とっさ》にとったメモが、由巳の机の上に残されている。

どうしようか……と思う。

電話が切れたとき、最初は無性に腹が立っていた。洋平には裕美という奥さんがいるというのに、私を誘っている。いったい、どんな神経をしているのか、と。

それなのに、林専務に対しては、電話の主の正体を明かさずにかばってしまった。自分の行動は、いくつもの矛盾を孕《はら》んでしまっている。

それから由巳は、このあとの自分がとるべきいくつかの選択肢について思い巡らせた。

まず第一に考えたのは、洋平からの誘いを完全に無視するというものだ。

仕事が終わったら、真っ直ぐに自宅に帰る。洋平からの誘いなぞ、端《はな》からなかったように。洋平は、一人で待ち合わせのレストランでしょんぼりと待ち続けることになるだろうが、それは自業自得というものだ。脈がないということを思い知ればいい。そして、田村裕美のところへ帰ればいいのだ。それはそれで裕美でいるときの自分は腹も立つだろうが……。

今度、タカタ企画に洋平が訪れたときも同様に約束などなかったように振る舞うのだ。そうすると洋平は、どのような態度で由巳に接してくるのだろう。何もなかったかのように話しかけてくるのだろうか。それとも、林専務がいないときだったら、どうして来てくれなかったのかと問い質すのだろうか。

由巳には、洋平はその件はなかったように振る舞うに違いないと思えた。裕美から引き継いでいるかもしれない記憶が、そう訴えている。洋平は、ああ見えて、人一倍プライドが高いのだと。だから、自分が由巳にフラれたということなど耐えられないはずだ。とすれば、洋平は自分が女性を誘ったことなどなかったということにしてしまうのではないだろうか。

林専務がそのときにいなくても、同じような気がする。

しかし、そう自分の予想通りにいくだろうか。ここにいて、裕美の知らない洋平の一面を見たばかりだ。もっと異なる反応もあるのではないか。ひょっとして、タカタ企画に飛び込んできて、我を忘れて騒ぐということもあり得るのではないか。

そうなったら、最悪だ。そんな馬鹿げた騒動は望まない……。

二番目に由巳が考えたのは、指定された時間に、指定のレストランへ行くことだ。そして、はっきりと洋平に伝える。自分は洋平と交際する気持ちなどないのだということを。そうすることで、洋平はきっぱりと諦《あきら》めてくれるのではないか。そして、これからタカタ企画を訪れても、この件はなかったことにすればいいと伝えて、帰ればいいのだ。洋平も面と向かって伝えられれば、潔い男性を演じてくれるのではないか……。

それから、もう一つの可能性。

自分は大きな勘違いをしているのかもしれないということだ。

これまでは、洋平が中野由巳と交際したがって誘ってきていると考えてきた。しかし、実際は、由巳の想像とは違う次元のことを洋平は考えているのではないのか。

ひょっとして、自分ではなく、由巳を誰かに紹介しようというのでは……。

約束の場所に出向くと、洋平ともう一人、見知らぬ若い男性が座っている。そして、由巳に告げるのだ。前から、彼のことを紹介しようと思っていたんだよ。ちょっと驚かせようと思って、非常識で一方的な誘い方をしてしまった、と。

そんなことを考えると、由巳の心は揺れてしまうのだった。

12

夕方までに結論を出せばいいと考えていたが、結局、退社時間が近づいても、由巳は結論にたどり着いていなかった。

朝、考えていた三つの可能性のいずれが正解なのかわからずに、振り子のように気持ちが繰り返し揺れる。

そして、やっとのことで結論を出した。

――ロッソに行ってみよう。

やはり、それが正攻法だと思えたのだ。会ったうえで、断り、すぐに帰ろう。

そう自分に言い聞かせると、胸の辺りにつかえていたものが、すっと下りた。

洋平と話をすることを考えると、何故か、わくわくしているような部分が自分の気持ちの中にあることも、はっきりとわかった。それが、食事もせずにすぐに帰るつもりの自分の意思とは矛盾した感情とは思うのだが。

地域FMのパーソナリティをやっている番組の原稿を書きあげてしまうと、由巳のその日の仕事は終わりになった。

林専務が、「戸締まりはやっておくから、あがっていいよ」と声をかけてくれた。

「はい」

机の上を片付け始めたとき、高田社長が戻ってきた。一人ではなく、連れがいる。

「まあ、お茶でも一杯飲んでいけば」

見ると、中年の社長と同世代の男だ。

「や、タツノくん、じつに懐かしいですねえ」

林専務も立ち上がって、社長が連れてきた客に声をかけた。専務も、その客とは顔馴染みらしい。

応接用ソファに腰を下ろした三人に、由巳はあわててお茶を用意する。洋平は、少々遅れても、待っていると言っていた。何の心配もない。

その客とは、社長は社の近くでばったり出会ったらしい。林専務も喜ぶだろうと、そのまま連れてきたということだった。

由巳がお茶を出す。客は、髪が薄い小肥《こぶと》りの男だった。目が細く、縁なし眼鏡をかけている。

お茶を置いたとき、ちらっとタツノと呼ばれた男は由巳を見た。感情が表に出ない人だ、と由巳は思う。細い三白眼を由巳に向け、会釈一つなく視線を戻した。

社長と専務の共通の古い友人であることが、話しぶりでわかる。二年半ほど前までは市内を離れていたということだった。声が弾《はず》んでいるのは、社長と専務だ。タツノと呼ばれている男は、よく話し声が聞こえない。もともと小声のようだ。

タツノという男が、社長と専務のどのような友人なのかわからない。二人の広告代理店時代の知り合いではなさそうだ。あまりにもタイプが違いすぎる。

社長と専務が「亡くなられた先生」の話題に触れた。それで初めて由巳はわかった。社長と専務は広告代理店勤務時代からのつながりというわけではなく、高校時代の同級生でもあったのだ。そして、広告代理店での再会があって、二人して独立、起業、運命共同体コンビとしての人生を送ってきている。このタツノという男は、二人の高校時代の同級生らしい。だが、何を生業《なりわい》としている人物かは、まだわからない。話したのかもしれないが、小声で聞き取れなかったのだろうか。

「あ、中野くん。お茶、ありがとう。引き止めて悪かったね。あとはこちらでやるから、適当にあがってくれたまえ」

社長がそう言った。時間が少しかかりそうだと思って、社長は由巳に気を遣ってくれたらしい。

「ありがとうございます。では失礼して、お先にあがらせて頂きます」

社長にそう答えて、由巳は机の上を片付けた。事務服から私服に着替えてオフィスに戻っても、来客を交えて話はまだ続いていた。

由巳は、社長と専務に「お疲れさまです」と一礼してから、タカタ企画を出た。

由巳の心の中は、洋平のことでいっぱいいっぱいだった。

イタリアン・レストラン「ロッソ」に行って、洋平に食事はできない、と伝えるだけのことだ。それほど洋平のことを考え続ける理由はないはずだ。

すぐに終わる。すぐに帰る。由巳は「ロッソ」への道を歩きながら、そう呟き、さらに、これから洋平に会ったときに伝える言葉を口にしてみた。

「すみません。困ります。私は、仕事のおつきあいの方とはプライベートで食事しないと決めているんです」

そんな言い方でいいだろうか。なんだか、こんなことは言い馴れていないから、口がうまく回らない気がする。簡単に、「私を誘わないで下さい。失礼します」では駄目だろうか。それなら、うまく言えるかもしれないと思えるが、確信はない。

歩調が遅くなった。少し胸がどきどきしているのが自分でもわかる。

洋平は、どんな顔をして待っているのだろう。裕美が長い間見たこともない、爽やかな笑顔で待っているのだろうか。だとすれば、なんとなく複雑だ。

「ロッソ」は、三号線沿いのビルの一角にある。パスタもピザもこの店のものは、由巳はけっこう好きで、時折りランチに一人で入ったりもする。ただし、ディナーを食べに入った記憶はない。だから「ロッソ」のディナーメニューにも魅かれはするのだが、いつも次の機会にと思うだけだった。

店内に入り、右手の部屋をうかがう。

店員に「いらっしゃいませ。お待ち合わせですか」と声をかけられる。

「あの、そうではなくて」と言いかけたとき、奥のテーブルで立ち上がる男性の姿が見えた。

洋平だ。手を振っていた。

レストランの女性が笑顔でうなずいた。

「ずいぶん早くからお待ちでしたよ。さ、どうぞ、お席に」

違うんです、と言おうとして口籠ってしまった。

洋平は満面の笑みを浮かべて、立ったまま由巳を待っていた。手で、目の前の椅子を示している。そこに由巳を座らせようというつもりらしい。

「ずいぶん早くから待っていた」という店員の言葉に、由巳は萎縮《いしゅく》し、頭の中が真っ白になってしまった。

そのまま、洋平の待つテーブルに歩み寄った。

喉が渇ききってしまったような気分だ。何をどのように言うつもりだったのか。洋平の前に立つと、由巳は大きく咳払いをした。

「さあ、座って下さい。待っていました。よかった、来て下さって。すごく心配していたんですよ。来て頂けないのではないかと」

洋平はそう言って、笑顔を浮かべた。

言わなくてはいけない。伝えることだけ伝えて、この場を後にしなくてはいけない。そう由巳は心の中で思っているのだが、どう言うつもりだったのだろう……。

「とりあえず、腰をおろして下さい」

そう言われて、由巳は魔法にかかったように洋平の言葉に従ってしまった。

「あの……私」

そう言いかけると、由巳の前にお冷《ひや》が置かれた。たまらずにそれをぐいと飲む。少しは喉の渇きが癒えたような気がした。すると、洋平が申し訳なさそうな声で言った。

「すみません、中野さん。実は勝手にさきほど、コースでオーダーを出しておきました。どんな料理がいいのか、正直あまりわからなかったので、お店の人と相談して無難なところでお願いしました。どうしても、これは無理だというものはありませんか？」

洋平と由巳の前に、数種の前菜が盛り合わされた皿が置かれた。

由巳としては完全に機先を制された気分になっていた。いま、ここで立ち上がって、誘わないでくれと捨て科白《ぜりふ》を残し店を出ていくという選択肢もないわけではない。しかし、それができないのは何故だろう。

洋平が自分のことを、ここでずっと待っていてくれたという負い目か……。

なにもかも、「ロッソ」に着いてからのタイミングの悪さ……。

「お口に合うといいのですが。さ、食べましょう」と洋平が言った。ウェイトレスが持ってきた瓶ビールを持って洋平は、由巳のコップに注《そそ》ごうとして、手を止めた。

「あ、勝手にビールを頼みましたが、ワインがよかったら、ワインを注文しますが」

そう、由巳に訊いた。

「いえ、あの、ビールで大丈夫ですから」

思わず由巳は、そう答えてしまった。すると、洋平は由巳のコップにビールをなみなみと注いだ。自分のコップにも注ぎ、それから洋平は言った。

「乾杯」

洋平がコップを持ち上げたのにつられて、おずおずと由巳もコップを手に取った。すると、洋平は自分のコップを由巳のコップに軽く当てた。

小さな音が響くと、由巳はかすかに首をすくめてしまった。

洋平は心底嬉しそうな笑みを浮かべて、料理を食べるように促した。

由巳はビールを飲み干す。大きく肩で息をして、覚悟を決めた。今夜は、洋平がどんな気持ちでいるのか確認することにしよう。すぐに帰るつもりだったのに、ビールを飲んでしまった。毒を食らわば皿までというのは、こんな気持ちではないのか……。

そんなふうに決意をすると、胸の中につかえていたものがスッと消失したような気分になった。それは開き直りと言ってもいい、劇的な気分の変化だった。

「いただきます」

ナイフとフォークを手にすると由巳は、洋平にそう断って、前菜を口にした。

上品な味のテリーヌだった。まわりがパイ生地になっている。そして洋梨を生ハムで巻いたもの、それにトマトが添えられている。

トマトの甘さに由巳は驚いていた。由巳のイメージにあるトマトの味とあまりに違う。

「こんなに甘いトマトは初めてです。美味しい」と漏らした。

それを聞いて、洋平は、よかったというように何度もうなずいた。

店の女性が次の前菜を持ってきたときに、それが新しい品種の塩トマトであると教えられた。塩トマトは、干拓地など土中の塩分濃度の高い土地でできる糖度の高いトマトで、熊本県八代地方の特産品でもある。その中でも、テーブルに出されたのは、より糖度が高いものとのことだった。

次の前菜はサヨリのカルパッチョだった。口に入れて、あらためて由巳は自分が和食よりもイタリアンの方が好きなことを確認した。そういえば、裕美も和食よりイタリアンの方が好物ではなかったかと、ぼんやり思う。だが、裕美として、この店に来た記憶はない。

由巳がビールを飲み干したのを見て、洋平は白ワインを注文した。もう、それを断る気は、由巳にはなくなっていた。

ビールが由巳の気分をすでに充分昂揚させていたのだった。

13

その記憶が奔流のように、裕美に押し寄せてきたのは、税理士事務所の昼休みのことだ。近くのコンビニで鮭のおにぎりを買ってきて、休憩室で口にしたとき、その鮭から起こったことだった。

おにぎりの中から出てきた鮭のほぐし身……。前日、中野由巳であったときの、パスタの前に食べたサーモンステーキ……。

その日の朝には、中野由巳としての記憶は何もなかったというのに、鮭のおにぎりから、サーモンステーキ、差し出される白ワインのボトル、そして洋平の笑顔。何がおかしいのか、声をあげて笑っている自分がいる……。次々にイメージが拡がっていった。

これは中野由巳だ、と裕美は自分に言い聞かせる。両手が凍結したような状態でいることに、自分でも気がつかない。

由巳としての記憶は、からまった糸をほぐすように裕美の中でたぐられていった。

そうだ。由巳は、洋平に誘われるままにイタリアン・レストランで夕食をともにしたのだ。

裕美の昨夜の夕食はといえば、珍しく洋平の帰宅が早かったから、亜美と三人の親子水入らずの夕食だった。おかずは、豚カツと芋サラダ、そして豆腐の味噌汁だった……はずだ。昨夜は洋平は家にいたし、食後に亜美と風呂に入った。

穏やかな夜だったのではなかったか。だから、今朝は由巳のことをほとんど考えずに済んだのだろう。

いや。イメージが拡がった後に裕美は考えなおす。

どこかがおかしい。

中野由巳が昨夜、洋平とディナーを共にしたのであれば、裕美が洋平、亜美と三人で過ごしたという昨夜の記憶は何なのだ。

ひょっとして、豚カツと芋サラダは、一昨日の夜のことではないのか。

そう考えると、辻褄が合う。

洋平は一昨日、裕美や亜美と夕食をとり、昨夜は由巳とディナーに出かけた……。そして、前日の記憶を裕美が失ってしまっているとしたら。本当は、昨夜は、裕美と亜美と二人っきりの夕食だったのに、裕美は自分の心の中で自分に都合の悪い記憶は消し去っているということかもしれない。妻である自分以外の女性と二人っきりで洋平が食事に行ったなどと考えたいはずがないではないか……。

裕美は、それ以上おにぎりが喉を通らなくなった。大きく深呼吸を繰り返すと、お茶を飲んだ。

モノクロームでぼんやりとしていた映像にまず焦点が合う。そして徐々に鮮やかな色彩が追いついてくる感覚と言えばいいのだろうか。由巳のことに心を集中させると、記憶が蘇る。

サーモン料理を食べているときは、まだ白ワインを飲んでいる。あまり由巳の方から自分語りはしない。いろいろな話題を持ち出しているのは、洋平の方だった。営業をやっていての失敗談が多かったが、具体的な名前を出して話すことはなかった。その話しぶりが面白いので、飽きることはない。

だが、仕事のことは話しても、自分の家庭のことについては、まったく触れない。自分に妻子があることも話題には出て来なかった。

いつか何かのタイミングで、そのことは言うのではないか、と由巳は最初のうち考えていた。言わなければ、そしらぬふりをして尋ねてみよう、と思ってもいた。

だが、遂に由巳はそのことを尋ねるには至らなかった。会話が弾むうちに、酔いがまわり、いつの間にか飲んでいるものも赤ワインになっていた。些細《ささい》なことなど、どうでもいいじゃないかという大雑把な気分に変化してしまっていたのだ。

裕美であれば、考えられないことだと思う。裕美はアルコールが飲めないわけではないが、飲んだところでコップ一杯のビール程度だった。それが自分と、中野由巳の大きな体質の違いかもしれないと、ふと思った。

あれだけ飲んでも……今朝、裕美は頭の痛みなどの宿酔《ふつかよい》状態ではなかった。ワインは、裕美にとっては天敵で、翌朝まで残っていて当たり前なのに……。宿酔は、飲んだ本人である由巳が引き受けてくれているのかもしれない……。

さらにいくつか、洋平が由巳に言った断片的な言葉が記憶の中から浮かんできた。

「いやあ、中野さんと話していると気持ちがはずんでくるし、いつまでも話していたい」

そう言った洋平も、眼の縁はピンク色になっていた。

「今日は楽しいなあ。こんな楽しい気分で食事できるなんて、本当に久しぶりだなあ」

今の科白を裕美が聞いたら、どんな気持ちがするだろうかと、ちらりと由巳をかすめた思いまで蘇ってきた。

もう一つ、思い出したことがある。有沼郁子のことが話題に出たことだ。

「いやあ、こんなに楽しい気分になれるというのは、有沼くんに、ぼくはホントに感謝する必要があるよなあ。タカタ企画に足を運ぶというのは、有沼くんのアドバイスがなかったら、絶対になかったはずだからなあ」

「有沼さんはさっぱりした、いい方ですね」

由巳は、その程度の相槌を打つにとどめた。

「ああ、彼女は、ぼくの幼い頃からの友人なんですよ。小学校の頃は世話やいてくれたり、いじめられたりで、姉弟みたいな感じかなあ。もう何十年のつきあいになるんだけど」

それは、洋平が郁子との間柄を、裕美に説明したときと寸分変わらなかった。

「有沼くんも、中野さんのことをべた褒《ぼ》めしていたよ。彼女は、同性を見る目は厳しいけれど、ちゃんと当たっているからなあ」

それが、その夜、由巳を一番驚かせた一言だったが、その記憶を蘇らせた裕美も信じられない想いに囚《とら》われた。裕美と洋平を最初に引き合わせてくれたのが有沼郁子なのに、由巳のことまで紹介したというのだろうか。

そんな馬鹿な！　とあのとき由巳は思った。独身の頃の裕美に小学校の同級生だと洋平を紹介したのは有沼郁子だったのだから。すでに妻帯者になっている田村洋平に、由巳についての話題を吹きこむ郁子の神経というのが信じられない。

そんな由巳の記憶をたどりながら、裕美は洋平の振る舞いにショックを受けつつも、郁子の仕打ちの方が赦《ゆる》しがたかった。

「どうかしましたか？」

あのとき、洋平が真顔になって、そう訊いてきた。由巳の心の中が、表情に出ていたのかもしれない。それを読みとって、洋平はすかさず尋ねてきたのだ。

で、どう返答したのか。

そのあたりから、由巳の記憶が断片的にしか裕美に伝わっていない。

ただ、印象に強く残っていることはある。あくまで、洋平は紳士的な態度で由巳に接していたことだ。

食事を終えた後、洋平はタクシーで酔いが回った由巳を水前寺のアパートまで送り届けてくれた。タクシーの中で、洋平は由巳の手一つ握るようなことはなかった。

由巳のアパートの部屋は二階にある。由巳の足許《あしもと》が覚束なかったらしい。大丈夫だからと言う由巳に、「いや、危ないからね」と洋平は由巳の部屋の前までついてきてくれた。バッグの中の鍵を探していると、洋平は自分の携帯電話の明かりで照らしてくれた。ドアを開いて振り返った由巳に、洋平は、「じゃ、もう大丈夫だよね。今日は楽しかった」と告げ、階段を下りていった。

そのときの由巳の視界は、酔いのせいでかすかなブレを伴っていた。「あの……」と呼びかけようとしたが、声にはならずそのまま見送ったのだった。

洋平は、由巳に対して何一つ口説き文句のようなことは口にしていないのだ。それに、次の二人だけで会うという約束もなにも交わしていない。

そうだから、洋平に対して、自分がそれほど怒りを感じていないのだろうか、と裕美は思う。

だとすれば、洋平は何の目的で中野由巳を夕食に誘ったのだろう？

由巳の機嫌をとってタカタ企画の取引きを有利にするため？　それとも、ほんの気まぐれか気晴らしに由巳をあんな豪華な食事に誘ったというのだろうか。

おにぎりを手にしたまま、裕美は我に返った。

洋平には、まだ何も尋ねないでおこう。由巳のときに、その真意を確認するべきなのかなあ、とぼんやりと考えながら、裕美はお茶を啜った。

14

仕事中も中野由巳の心の中で田村洋平の存在が大きくなっていた。いったいどうしたのだろう、と思う。タカタ企画にいるとき、ドアが開く音がすると、田村洋平ではないかと、あわてて顔を上げている。

顔が見たいとか、会いたいとか、恋をしている状況とは違うのだ、と由巳は自分に言い聞かせる。ただ、心に引っかかっているのは確かだ。

あれから数日が経過した。その間、洋平はタカタ企画を訪れていない。

今度、洋平が来たら、いくつもやらなければならないことがある。まず、先日、ご馳走になったお礼を言わなくてはならない。それから、由巳を食事に誘った真意を尋ねたい。それは、第三者がいれば、なかなか難しいことではあるのだろうが。しかし、何とかして知りたい。

由巳は、洋平が勤務するケー・オー・エスに電話をしてみるという可能性についても考えてみた。

タカタ企画に誰もいない時間を見計らって電話をし、田村洋平を電話口に呼び出してもらう。ケー・オー・エスの電話番号はわかる。だが、それから先にやるべきことについて、なかなか踏ん切りがつかなかった。

電話口に呼び出した洋平に、食事のお礼を伝える。それ以上のことは、電話では話しづらいのではないか。洋平の電話の周囲の環境については、まったくわからないのだ。

だが由巳には、気になる裕美の思考のかけらがある。くどいくらいに裕美が洋平に言われていたことだと思える。

プライベートな用事で、勤務中に電話をしてこないように……。メールを残しておいてくれれば、必ず見ておくから……。

それを何度も念を押されていた。

その洋平の注意が、由巳が電話をかけられない抑制にも当然なっている。

たまたま洋平の方から林専務に電話をかけてくるタイミングはないだろうか、とも由巳は期待した。

だが、林専務がいたら、洋平から電話があっても、由巳には自分の意思を伝える度胸などないと思う。何もないかのように林専務に取り次ぐのが関の山だろう。

幸か不幸か、洋平からは林専務宛ての電話さえなかった。

由巳が確認したいことは、もう一つあった。

有沼郁子のことだ。

彼女から話を聞く必要があると、由巳はずっと考え続けていた。

どうしても洋平と連絡がうまくつかない状態が続いたら、有沼郁子に連絡をとってみようか……。郁子に、自分のことで洋平とどのような話をしていたのか確認してみよう……と。

しかし、郁子にどうやって連絡をとればいいのか。

郁子は、いつも自分の都合で現れるのだ。林専務に有沼郁子の連絡先を訊けば、教えてはくれるだろうが、何のために郁子に直接連絡をとるのか、その辺の事情を話さなければならない。その説明を由巳はうまくできそうになかった。

いずれに連絡をとることもできず、由巳は宙ぶらりんでいるのだ。

そんな状態の由巳にとって、その日の朝の電話は、信じられないようなタイミングだった。

電話の声を聞いた途端、喉が急速に渇いてしまうような感覚に襲われた。

「タカタ企画です」と由巳が告げると、受話器の向こうから少し甘えたような口調が聞こえた。

「由巳ちゃーん。あ、た、し、郁子よ」

「あ、有沼さんですか。専務は、もうすぐ出社してくる時間ですが」

郁子は、くくっと笑いをこらえきれないように話しだした。

「わかっているわ。そんな時間帯を狙って、かけたんだから。由巳ちゃんに用事があって、かけたのよ」

「私に……ですか？」

一瞬、郁子に尋ねなければならないと、もやもや考えていたことを思いだした。しかし、どのように尋ねればいいのだろう。そう迷っている間も、郁子は話を続けてくる。

「そう、由巳ちゃんだけに、今日は用事があるの。今日のお昼休みとか、私と食事する時間は取れる？」

「だ、大丈夫ですが……」

願ってもない機会だ、と由巳は思った。洋平に食事に誘われたことから全てを郁子に相談することができるではないか。

「じゃあ、決まり。どこがいいかなあ。そちらから近くて、あまりざわざわしていないところがいいなあ」

郁子は食事の場所を考えているようだった。数秒して、上通りにあるホテルの名前を郁子は告げた。

「そこのロビーで待っているから。正午過ぎということで、いいわね。午後に、そこの広報の人と約束があるから、私としては便利がいいんだけど」

それでかまわないと由巳が返事をすると、「ちょっと驚かせるかもしれない」と意味深長な言葉を残して、郁子は電話を切った。

受話器を置いた後に、由巳は郁子の言う「驚かせるかもしれない」ということが何なのか、思い巡らせた。

ひょっとしたら、洋平に関することではないかとも思ったが、その可能性は極めて低い気がした。

田村洋平は、妻帯者なのだ。それに、妻は郁子が仲人同然に紹介した裕美なのだから……。きっと別の用件だろう……。

何の用件かは、由巳にはまったく予想もつかない。

しかし、この機会に、気になっていることを郁子に訊いておこうとは思った。

田村洋平が、郁子から聞いたという由巳の話。

いったい、何を話したのですか?　……あくまで冷静に……ちょっと気になったから、聞いておきたくて……と。

郁子から電話をもらってから、その午前中の由巳の仕事の能率はひどいものだった。請求書作成や、経費のパソコン入力などの機械的作業はいつもと同じように何とかこなせるのだが、地域FMのパーソナリティの原稿を作成しようと考え始めると、無関係な思考が次々と増殖していき、指が止まったままになってしまうのだ。これではいけないと、自分を何度か叱咤《しった》した。

幸いなことに十一時過ぎには、取引先に直行していた社長も専務も帰社した。連絡事項をすべて伝え終えると、由巳は、昼食時に外出できることになった。もちろん、林専務には有沼郁子と会うことは、プライベートなことなのだから伏せてある。

正午になり、由巳はすぐに席を立った。社長と専務に外出する旨を伝えると、「おお、二人揃っているから、ゆっくり食事をしておいで」と社長が言ってくれた。いいことがあったのだろうか、機嫌がいい。

上通りへ続く道を、由巳は急いだ。気が急《せ》いているのだ。

上通りに出る。本屋の横で見覚えのある人物が立っているのに気がついた。

社長が先日、道でばったり出会い、事務所に連れて来た男だった。小肥りだし、頭の毛が薄い。今日は眼鏡はかけていないものの、目の細さで間違いないと思う。

たしか、タツノという名前だったはずだ。由巳は、じっと自分が凝視されていたような気がした。

　彼は、ここで何をしているのだろう。社長が彼とばったり会ったのは、ここでだったのだろうか。あのときは別段、交わされた会話に耳を傾けることもなく、まもなく事務所を出てしまったのだが……。そういえば、社長や専務の声はよく響いていたが、タツノという男が積極的に話している記憶はない。最小限の返事しかしていなかった……。

　人違いだろうか。いや、特徴があるから間違いない。ここで出会うのは、勤務先がこの辺りだという単純な理由かもしれないな、と思う。

　それから、タツノという男のことは、由巳の思考の外に消えてしまった。有沼郁子との約束に遅れないようにしなければならないのだ。

　待ち合わせのホテルに着いた。外が明るかったので、一瞬、ホテル内の暗さに目が慣れるまでに戸惑ってしまった。

　フロント寄りの柱の傍に椅子がある。そこで自分の方に手を振っている人に由巳は気がついた。

　有沼郁子だ。

　彼女は、手を振りながら立ち上がる。由巳は駆けよって、頭を下げた。

「すみません。十二時になったら、あわてて事務所を出たのですが。お待たせしてしまったのではありませんか？」

「そんなことないって」と郁子は頭を振った。「私が勝手に呼び出したりしたわけだし。和食でいいかなあ」

「はい。好き嫌いはあまりありませんから」

「そう」

郁子は満足げな笑顔を浮かべると、大股で奥の和食の店へと歩いていった。サービス担当の男性店員が「お客さま、御案内致します」と言うのもかまわずに奥の窓際の席に座ったのは、郁子らしいなと由巳は思った。

「ここは私がご馳走するから。私がつきあってもらったんだし。おすすめランチでいいわよね」

由巳に異存があるわけではない。郁子の行動は唯我独尊だが、気風《きっぷ》がいいなあ、と由巳は見ていて思う。

注文を済ませると、少しだけ沈黙があった。これまで由巳が知っている郁子にしては珍しいことだった。いつもの郁子なら会話が途切れることなく、話題もさまざまにジャンプするはずなのに。

「ちょっと確認しておきたいこともあったのよ」と郁子は言った。

「はい？」

「由巳ちゃん。あなた、交際している男性とかいる？　恋人とか、結婚を考えている人とか……。正直に答えてね」

突然、そう切り出されて、由巳はどぎまぎしてしまった。

「由巳ちゃん。私、まだ、そんな基本的なこと、確認してなかったのよね。だから、教えておいて」

このようなとき、どう答えるのがベストなのか、わからない。一番自分にとって得になる答えが何なのかも考える余裕がない。素直に言葉が口をついて出てしまう。

「いえ、交際している人とか、別にいません。恋人とかも。そもそも男っ気ないですよ」

そう答えてしまってから由巳は、「それって、どうしてですか？　何故そんなことを尋ねられるんですか？」と問い返す選択肢もあったのではないかと気がつく。

だが、すでにそのとき、郁子は満足そうに微笑していた。やはり、自分には何の間違いもないのだという自信のようなものが見えて、由巳にはそれが少し悔しかった。

おすすめランチは竹籠に入って出てきた。小鉢が中にいくつも入っている。それにご飯と吸い物が並べられた。竹籠の中には季節の葉が飾られていて、いかにも茶道好きな婦人たちが喜びそうな風情だった。窓の外に見える庭園ともマッチしていると思えた。

「さ、食べましょ」と郁子が促す。それからは、近くのデパートの北海道展でどんな食材を選んだかといった他愛のない話題ばかりだった。

朝の電話で、〝ちょっと驚かせるかも〟と郁子は言っていたが、そんな感じには辿《たど》り着かない。

郁子は、自分の知っている林専務がどんなにお茶目かというエピソードを語って、由巳は何度か声をあげて笑わされた。

デザートとコーヒーになったとき、由巳は洋平のことを訊いてみようと思った。だが、どう切り出したものか、と迷っていた。

「田村くんと食事に行ったんでしょ」

突然、郁子がコーヒーを飲みながら、そう切り出した。

「え……ええ。は、はい。行きました」

そう答えるのが精一杯だった。郁子が洋平に紹介したのかと問い詰める余裕などない。

「どうだった？　田村くんのこと。私が由巳ちゃんのことを紹介したんだけれど。とても感じのいい娘さんだからって」

「え？」

由巳は自分の耳を疑った。やはり、郁子が紹介したということか。洋平と裕美を引き合わせたのが郁子であることも、今の由巳は知っている。なのに、妻帯者の洋平を自分に紹介しようなんて、郁子はどういうつもりなのだ。

「田村くん、けっこう由巳ちゃんのこと、気に入ったみたい。私も、直感でこの二人はうまくいくんじゃないかと思ったの」

由巳は思わず両手を必死で振っていた。

「ちょっと、ちょっと待ってください。田村さんと夕食はしました。でも、田村さんに私を紹介したって……。私、頭が混乱してしまって、よく意味がわかりません。だって、あの人、家庭があるんでしょ？」

「そう言ったの？　田村くん」

「いえ、あの」

由巳はしどろもどろになった。本当は自分の方が、何故こんなことをするのかと問い詰めたいほどなのに。

「そんなことは言われません。結婚しているなんて一言もありません。でも、なんというか、勘みたいなものです。違いますか？」

その語尾は、由巳には珍しく大きなものになってしまった。

郁子は目を見開いて由巳を見つめていた。それから大きくうなずいた。

「やはり、由巳ちゃんは勘が鋭いのね。そうよ、田村くんには奥さんがいたわ。でも、不幸なことに亡くされたのよ。だから、田村くんは、今、娘さんと二人暮らしなの」

郁子が何を言っているのか、由巳にはうまく理解できなかった。辻褄が合わないのだ。自分が感じているもう一人の自分である裕美は妄想だというのだろうか。

今、こうやって郁子の話を聞いている瞬間こそ、実は夢の中ではないのか。

「だから訊いたの。由巳ちゃんが誰か交際している人がいるかどうかを。あとで、由巳ちゃんに誰かいい人がいるなんてわかったら、田村くんが可哀想だから確認したわけ。よかった。実はね、田村くんの子供さん、とてもいい子なんだ。それで、田村くんが由巳ちゃんを食事に誘った夜、私が預かっていたんだ。結婚相手に子供がいるかどうかって……やっぱり……気になるよね」

それから、郁子は、ハッとした表情になった。

「あっ、ごめんなさいね。私の方から一方的に話をして。顔色がよくないわ。大丈夫？　そこまでショックを与えると思わなかったから」

「田村さんの奥さんは、亡くなったんですか？　ご病気だったんですか？」

「そのときの状況は、あまり詳しくは私も聞いていないんだけれど。もう二年近くになるのかしら。あまり詳しくは聞けないでしょ、田村くんの落ち込みかたが、あまりひどかったから。一年が経過して、やっと自分のこれからの生活を考えられるようになったみたいだった。そんなときに、由巳ちゃんと知り合って、田村くんにいいんじゃないかなあって思って、紹介したの」

「何故、そう思われたんですか？」

郁子は少し肩をすくめた。

「正直に言うと、田村くんの前の奥さんも私が紹介したの。二人、すごく仲が良かった。で、由巳ちゃんに初めて会ったとき、感じたのよ。由巳ちゃんなら、前の奥さんと同じように、田村くんとうまくいくはずだって」

由巳の内部で、さまざまな思いが交錯していた。何をどう尋ねればいいのか、うまくまとまらないのだ。

由巳のその動揺した様子は、由巳に〝ちょっと驚かせるかも〟と電話で言っておきながらも、ここまで驚かせることになるとは、郁子にも予測を超えていたようだった。

15

昼休み時間は、とっくにオーバーしてしまっていた。まだ、郁子に訊きたいことはたくさんあるというのに、由巳はさすがにタカタ企画に帰らねばならない。

それは郁子もわかっているようだ。

本当は、由巳が田村洋平とこれから交際する気があるかだけでも確認したかったに違いないが、今日は時間が来てしまった。

「あらあら、あっという間に、こんなに時間が経っちゃった。由巳ちゃん、ごめんなさいね。こんな時間まで引きとめちゃって」

「いえ、大丈夫です。今、会社には社長も林専務もいるんです。出てくるときにも、ゆっくりでいいよって言ってもらいましたから」

腕時計を見ると、それでも午後一時半をまわっていた。

「でも、そろそろ……」

考えがうまくまとまらないが、由巳は腰を浮かし、財布を取り出しかけた。

「だめ、今日は私のご馳走って最初に言ったでしょ」

「すみません。じゃあ、お言葉に甘えさせて頂きます」

「返事を聞くところまでいってないけど、どうしよう？」

そう郁子が言ったのは、由巳が洋平と交際する脈があるかどうか、ということだろうが、郁子の予想を大きく裏切ってしまったということだろうか。

由巳は会社の様子も少し心配になっていた。ゆっくりしてきていいと言われて出てきたとはいえ、いつも忙しい社長と専務なのだ。勝手にロックをかけて外出するだろうが、できれば会社を誰もいない状態にしない方がいい。

「すみません。とりあえず会社に帰ります」

「じゃ、また連絡するから」

そう告げた郁子に、由巳は会釈してホテルを後にした。

タカタ企画へと急ぎながら、由巳の頭の中は、郁子から聞いた情報が未整理のまま渦巻いていた。

今、見えている街の風景は、郁子と会うためにホテルに向かっていたときとは、まったく別のものだ。すべてが立体性を失い、輝きをなくして、薄っぺらく見える。街に響いている騒音もそうだ。聞こえてはいるのだが、他所の世界の音のようだ。小路を曲がってすぐに肩を電信柱にあててしまったのも、頭の混乱から一種の視野狭窄《きょうさく》を起こしていたためかもしれない。

タカタ企画は閉まっていた。室内で電話の音が響いている。由巳は、あわててドアを開け駆け込んだが、受話器に手が届いた瞬間にぴたりと音が止んだ。

何か急用ができて、社長と専務はすでに外出してしまったらしい。今、取りそこねた電話も何かの商談をもたらしたかもしれない。申し訳なかったなと由巳は思う。

喉の渇きを覚えて、由巳はお茶を入れ、たて続けに二杯飲みほした。

それから自分の席に座り、郁子と話したことを何度も何度も録音をリピートするかのように思い出す。寸分たりとも間違えないように、郁子の言葉を。

「田村くんには奥さんがいたわ。でも、不幸なことに亡くされたのよ。だから、田村くんは、今、娘さんと二人暮らしなの」

自分の中の田村裕美の記憶とどうして違うのか、由巳は説明がつけられない。

田村洋平の妻の裕美として過ごしている記憶……。昨夜も裕美は洋平と一緒にいた……。いや、昨夜は、中野由巳として田村洋平と食事をしていたのか……。

記憶の混濁。

どちらかがホントで、どちらかが嘘。

わからない。洋平の妻が亡くなっているということは……では、田村裕美というあの生活感は、いったい何なのか。

由巳はペンを手に持った。いくつかの可能性を由巳は心の中で組み立ててみる。

メモ用紙に、まず田村洋平と書いた。

書きながら、思わぬことが起こった。ペンを握る手の震えが止まらない。

田村洋平と書いた横に、田村裕美と書く。その横に田村亜美と書いた。

田村洋平は、間違えようのない名前だ。イタリアン・レストランで一緒にディナーをとった。あのときに、あるいは郁子から洋平の話題が出たときに、心の中で妄想が膨れあがったのではないか。

そして、どのような暮らしをしていたのかというところまで、想像力を巡らせて、リアルに構築してしまったのではないか。

そうであれば、はなはだ奇妙な話だが、説明はつく気がする。

現実には、家族のことは洋平自身からは聞かされていないから、裕美という妻の名も、由巳が勝手にでっちあげたのかもしれない。〝ゆみ〟という自分の名前の響きを無意識に投影させてしまった……。

今度、ぜひ確認すること。亡くなった奥さんの名前と娘さんの名前。それが違っていたら、とんだ妄想に自分は陥《おちい》っていたのだということになる……。

できれば、そうであってほしいと由巳は願った。

昔は、こんなふうではなかった。

幼い頃の中野由巳は、当たり前のことだが、毎日が中野由巳だった記憶しかない。裕美としての幼い日の出来事はまったく存在しない。

朝起きたとき、自分以外の人物、つまり田村裕美の存在を感じ始めたのは、そう古いことではない。どのような理由があるのかはわからないが、朝の起きぬけに原因のわからない息苦しさを感じ始めた頃が、その始まりではなかったろうか。しかし、自分以外の誰かでもあるという違和感を持ち始めたのは、ずっと後のことだ。

前日の自分は自分ではないという違和感。だが、冷静に考えると、前日の中野由巳の記憶もきっちりとあることを知るのだ。

完全に目覚める寸前に、自分でないもう一人の自分を感じることを自覚してからだ。日を追うごとに、影のような曖昧《あいまい》なイメージに、徐々に徐々に形が現れ、言葉が加わり、色彩が伴い、精度が増していった。

そして、最近では、田村裕美である自分と、中野由巳である自分が、ともにリアルに生きている。

田村裕美の行動は、今の自分、中野由巳の行動でもあるという気がしてならない。つまり自分の分身なのだと思える。

その……裕美……田村洋平の妻が、死んでいるなんて……。自分は幽霊のようなものと交信しているということなのか……。

電話が鳴った。

由巳は、びくりと我に還《かえ》る。

あわてて受話器を取った。

「はい。いつもお世話になっております。タカタ企画です」

反射的に、そう言った。声も上擦ることなく、いつもの調子で言えたことに、由巳は満足していた。本当の自分に戻れたような気がする。

「あっ、帰っていたのね、由巳ちゃん」

「あ、有沼さん、さっきはどうも……」

「少し前にも電話したのよ。まだ帰り着いていなかったみたい」

会社に戻ったときに鳴り続けていた電話のことを、由巳は思い浮かべた。受話器を取った瞬間に切れてしまったけれど、あれは有沼郁子からの電話だったのだと知る。由巳が帰り着いた頃を見はからって、郁子が電話をよこしていたのだ。

「あ、そうでしたか。すみません。さっき、電話を取るのが、ワンテンポ遅れてしまって。何か忘れ物でもあったんですか」

「どうしても、由巳ちゃんの声を聞いておきたかったの。昼休みが終わってまで引き止めて、そのうえ、何だか、とんでもなくびっくりさせてしまったみたいで。だから、あの後、なんだか由巳ちゃんのことが凄く気になってしまって。あれで、よかったのかしらと思うと、電話をかけずにいられなくなったのよ」

「そうですか……」

「大丈夫？」

郁子は心から由巳の心配をしてくれていたらしい。

「大丈夫です。ありがとうございます」

「そう。よかった」と郁子が言った。

「あの……」そう言いながら由巳は、手許のメモ用紙に目を落とした。「田村さんの娘さんの名前って、何ていうんですか？」

「えっ？　娘だって、私、言ったかしら。亜美ちゃんていうの。アジアの亜に、美しいと書いて、亜美ちゃん。来年から小学校なんだって。今は保育園の年長組よ。すごく聞き分けがよくて、いい子よ。私が預かっていた間、ずっと私とゲームしたりテレビ見ていたり」

やはり亜美だ、と息を呑んでしまった。郁子は、洋平に娘がいるとは言っていたが、名前は口にしていなかった。裕美としての記憶では、確か亜美が小学校へ上がるのは数年先だ。年少組なら三年後か。

ということは、二年の時のズレがある。

そうだとすると、眠りの向こうで、もうひとりの自分が生活をしている世界は、二年前の世界ということになるのではないか。

そう考えれば、自分が違和感を感じていることの辻褄が全部合ってきそうな気がする。

「ねぇ、どうして亜美ちゃんのことが気になるの？　何か田村くんのことで気になることがあったってわけ？」

郁子は少し声を弾ませて問いかけてきた。

「いえ……今度、お会いしたときに、食事をご馳走になったお礼に、お子さん用のお菓子でもと思ったんです。あっ、名前は関係ないですね。有沼さんからお子さんがいることをうかがいましたと言って、お二人で召し上がって下さいと差し上げればいいんですよね」

由巳がそう答えると、郁子は少し意気を削《そ》がれたようだった。

「すみません。私、変なことを言っちゃってますか。でも、さっきからびっくりの連続で、まだ頭が混乱しているみたいなんです」

さすがに郁子は機会をあらためようと思ったようだ。また、そのうち顔を出すから、ゆっくり話しましょう、と言って電話を切った。受話器を置くと、由巳は一つ大きな溜息をついた。

いくつか見えてきたことがあった。

さっきメモした用紙を見つめる。

田村洋平。

田村裕美。

田村亜美。

――そう。由巳の意識が繋がっているのが、もうひとりの自分の田村裕美なのだ。というより、自分は田村裕美であり中野由巳なのだ。

二つの人生をダブルで生きている。

そして今の郁子との電話で、もう一つの仮説が思い浮かんだ。

中野由巳として生きている時間と、田村裕美として生きている時間に、ズレがあるのではないか。

亜美が来年、小学校に入学するというのであれば、自分と田村裕美の時間とはおそらく二年間の時差が存在するということだ。そして、その田村裕美は、なんと二年前にこの世を去っているという……。

病気か事故かはわからない。ただ、そのような事実が存在しているのだ。

それを聞かされたとき、腰が抜けるかと思うほど驚いた。その事情も気になる。郁子も知らないのであれば、いずれ調べる必要があるだろうなと由巳は思った。

できるだけ早い時期に。

それは本能的な判断だった。二年前に亡くなった、と聞かされたときから、何故か、急がねばならない、それもできるだけ早く、と思えてならないのだ。

それから、有沼郁子が洋平に由巳を紹介しようとした経緯もわかってきた。郁子は無神経に妻子持ちの田村洋平を由巳に紹介しようとしたわけではなかったのだ。小学校時代からの幼馴染みである洋平が妻を亡くし、打ちひしがれた様子を見るに見かねていた。そんなとき、タカタ企画を訪れ、由巳と会ったのだ。

郁子は由巳と話していて閃《ひらめ》いたのだろう。由巳が何かの拍子で声をあげて笑ったとき、郁子が驚きの表情で由巳を見た。あのときだ。「ごめんなさい。ちょっと思いだしたことがあって」と言っていたが、思いだしたことというのは、田村裕美のことだったに違いない。

由巳が笑う仕草、そして話し方が、郁子の中で田村裕美と重なり合う瞬間だったのだろう。

それは、ほぼ間違いない。

そして、由巳のことを、郁子は洋平に伝えたのだ。

どのように告げたのだろう?

「裕美さんとどこか感じの似ている人がいるの。私の取引先に勤めている女性よ。いつまでもくよくよしていても裕美さんは帰っては来ないのよ。騙《だま》されたと思って、会いに行ってみたらどうなの」

そんな台詞《せりふ》が、郁子の喋《しゃべ》り口調そのままに、由巳の頭の中で渦巻いた。

同時に郁子は、タカタ企画のことも洋平に紹介したのだと思う。いくらなんでも勤めている女性の顔を見るだけのために、洋平も足を運ぼうとはしない気がする。タカタ企画を訪れたときは、眉に唾をつけながら郁子の言ったことを確かめようと考えていたのではないだろうか。

そして洋平も、初めてタカタ企画を訪れ由巳の前に立ったとき、一瞬だけ凍りついたように驚いていたではないか。

洋平は、あのとき由巳が裕美と共通点を備えていると感じたのだ。だから、裕美が好きな蜂楽饅頭を買って来ようという連想になったのだ。

由巳を食事に誘ったのも、洋平一人の意思ではないような気がしてならない。きっと郁子から、放っておくなんて、と発破をかけられたからに違いない。だから、デートの間中、娘の亜美の面倒を郁子が見ていたのだろう。

あのときの洋平は、常に紳士的に振る舞っていた。それは彼が、由巳と裕美の共通点を確認することに没頭していたからではないか。そんなふうに想いをめぐらせてくると、少なくとも、郁子の行動は理にかなっていたように思える。もう裕美がこの世を去ってから二年も経つというのだから。

そして、それならば、洋平が単なる浮気で由巳を食事に誘ったわけでもないことになる。

16

うなされて、はっと目覚めた。

裕美は思わずそう呟いた。

「まだ生きている」

そして、隣りにまだ眠っている洋平の背中を見た。

静かな寝息をたて続けている。

なんとなく胸の中がつかえたままの自分を裕美は感じていた。

まだ目覚まし時計は鳴っていない。時計は六時十五分を示していた。

裕美は起き上がった。胸がつかえているだけではない。そわそわと落ち着かない感じというか。

思考よりも身体の方が先に動いていた。朝食の準備。そして洋平を起こすのだ。

いつもの朝と違うことがある。

目を覚ましてからしばらく経てば、いつもであれば自分が中野由巳で過ごした一日の記憶は薄らいでいく。やがて完全に消えてしまい、田村裕美として考え行動する一日が始まるのに、その朝は違っていた。

中野由巳の記憶が鮮明なまま消えない。

由巳が生活する、つまり二年後の世界には、裕美は生きていない、郁子がそう言っていた。

それは本当のことだろうか。洋平と亜美をおいて、自分が死んでしまうなどということは想像すらできないのに。でも、郁子ははっきりと裕美の死を語り、洋平は独身で亜美を育てていると言ったのだ。

中野由巳が生活する世界の二年前というのが、今、自分が存在する世界と同じものだろうか。

もし同じだとすれば、裕美に残されている時間は、あとどのくらいあるのだろうか。どのような形で生を閉じるというのか。

病気？　事故？

何もわからない。

得体《えたい》の知れない不安が膨れ上がり、裕美にのしかかっている。

不治の病《やまい》を宣告されると、このような心理状態になるのだろうか。

それよりも始末が悪い、と裕美は思う。死亡宣告だけがあって、その経過は何もわからないのだから。

由巳は何故、もっとくわしく調べてくれなかったのだろうか。いや、何故自分の最悪な未来なんて知ることになってしまったのだろう……。

洋平の弁当の準備が終わると、裕美は数回大きく深呼吸をした。すると、ほんの少しだけだが、気分が落ち着いたような気がした。

いくつか自分に言い聞かせる。

――できるだけ、こんな馬鹿なことは考えないようにする。誰もが一寸先の運命はわからないのだから。余計なことを考えてしまわないように、身体をできるだけ動かすこと。

正直なところ、それはその場の自分を騙そうとしただけにすぎない。しばらくすると、不安の影は心の底からまた立ち上がってきた。

いつもの時間に、裕美は洋平の肩を揺すって起こそうとした。ただ、今日は少し違っていた。

裕美は、洋平の肩に手を当てて、彼が目を開けるのを待っていたのだ。

洋平が欠伸《あくび》をしながら、ゆっくりと目を開いた。いつも通りの、裕美がよく知っている覇気《はき》のない夫の顔がそこにあった。

裕美はその夫の表情を見つめながら思った。

——私が死んでしまうと知っても、こんなふうなのだろうか。

洋平は裕美がじっと見下ろしているなんて、いつもと何かが違うと思ったのだろう、目を大きく見開いて言った。

「何か……あったのか。どうか……したのか?」

裕美は洋平の肩から手を離し、大きく首を横に振った。

「おはよう。時間ですよ」

「あ、ああ」

洋平は「おはよう」の返事もせず、身を起こした。いつもなら、それから数分はベッドの中で、ぐずぐずと過ごすのが常なのだが、今朝はすんなり目覚めたらしい。

顔を洗ってテーブルに着いた洋平が、今度はじっと裕美を見つめた。裕美はいつもの朝の通りに、味噌汁とご飯をならべる。

洋平がぼそりと言った。

「裕美……どこか体調が悪いんじゃないのか？」

　裕美は意外だった。洋平から裕美を思いやる言葉を聞いたのは、久しぶりのことだったから だ。

「いえ。いつもと同じですよ」

「そうか？　顔色もあまりよくない気がするけど。さっき、ぼくのことを覗きこんでいるなんて……本当に体調は大丈夫なのか？」

「はい。でも、私の顔色って、わかるんですか」

「わかるよ。いつも見ている裕美の顔色じゃない。少し青ざめてる」

そう言うと、洋平は裕美の顔をじっと見た。それは、裕美にとっては嬉しいことだった。洋平に見つめられ、そして普段の顔色との違いを指摘されることが、これほど気持ちを昂揚させる効果があるとは。

やはり自分は本音のところでは洋平のことが好きなのかもしれない、と裕美は思う。少し不安がまぎれていくのを感じる。ありがたいなと素直に思える。

しかし、口を衝いて出たのは、虚勢をはった言葉だった。

「大丈夫。なんともありませんから」

それを聞いて、洋平はしばらく黙っていたが、肩をすくめて言った。

「疲れがたまっているのかもしれないな。朝から夜まで裕美も働きすぎかもしれないし。がまんするだけじゃなくて、ときどきは放り出してしまうことも必要かもしれないぞ」

「それって、どういうことですか？」

「パートを休んで、一日ゆっくり過ごすような日も必要なんじゃないかってことさ。擦《す》り切れちまったら、皆が不幸になる。ぼくも、亜美もそうだ。もっと回復に時間が必要になったら、仕事先にも結果的には迷惑をかけてしまうことになる。そうなる前に、疲れを体内から放出してしまったほうがいい」

洋平は、味噌汁とご飯を交互にかきこみながら、そう言った。視線は、いつものようにテレビに向いていたが、それは照れ隠しのためで、言葉ははっきりと裕美に向けられていることがわかった。

洋平に気遣われて、裕美は山根税理士事務所で抱《かか》えているその日の書類の点検のことを思いだした。

休むわけにはいかない。

「わかった。じゃあ、少しゆっくりさせて頂きます。顔色が悪いのなら、ひょっとしたら、疲れがたまっているのかもしれないし。私が倒れてしまったら、皆に迷惑をかけてしまうものね」

そう裕美は答えた。洋平は顔をテレビに向けたまま、大きくうなずいた。些細なやりとりだったが、洋平が裕美のことを無視しているわけではないことがしっかり伝わってきた。

ただ、日常のなかで、最近はそんなやりとりが二人の間ではなかったから、慣れていないだけだ。

いつもと同じように洋平を送りだし、掃除機をかけている途中で、亜美は目を覚ましたようだ。

「ママ」

亜美がガラス戸のところに立っていた。娘が愛おしくなり、裕美は掃除機をその場に置くと、亜美をやさしく抱きしめた。それほど力を入れたつもりはなかったのだが、「苦しい。ママ」と言われてしまった。

あわてて娘を離すと、亜美が言った。

「ママ。なんだか悲しそう」

亜美が、そのようなことを言ったのは初めてのことだ、と裕美は思う。

小さくても、母親の中の特殊な感情を、娘は嗅ぎとっている。

「おはよう。亜美ちゃん」と言う声が震えて、泣き声になりそうなのを必死でこらえた。

いつもは「おはよう」と返してくるのが、今日の亜美は口をへの字に曲げたまま、うなずいただけだった。

これほど敏感に母親の心を感じ取れるほどの娘が、もし母親が突然いなくなったとき、どんなに悲しませることになるのだろうか、と裕美は思う。

——これから、私は亜美を健やかに成長させる義務がある。見守ってやらねばならない。死ぬわけにはいかない……。

裕美は、娘の両手を握った。

「心配しなくていいわ、亜美ちゃん。ママは大丈夫だから」

亜美は、二、三度まばたきをしてから、やっと「うん」と言った。娘の表情が和《やわ》らいだのを見て、娘なりに納得して安心できたのかと裕美は思った。

娘を保育園に送った後、裕美はいつものように上熊本から仕事場の税理士事務所へと向かった。

目に映る風景は、いつもと同じものだ。だが、何かが違うように思えてならない。

線路沿いの道を本妙寺通りへと歩く。

保育園に亜美を預けて一人になったとき、しばらくは、あのことは考えないようにしよ

う と心に決めた。この世界では、自分の運命がわかるはずもない。くよくよしていても、何も運命を変えることができるわけでもないのだから。

仕事場に行ったら、どのように仕事を進めようかという段取りに思考を傾けて、なんとか功を奏していた。だが、気づくと、自分に近づいているかもしれない死の影に対して、不安が湧き上がっているのだ。

今のところ、体調の変化は何も感じない。じわじわと悪化していくタイプの病変に見舞われるというわけではなさそうだ。だが、職場で聞いた、まだ若いのに脳卒中やくも膜下出血に襲われて急死してしまったという、ぞっとするような話を、つい連想してしまう。何の予兆もなくスイッチが切れたようにやってくるという突然の死……。そんなことが自分にも訪れるというのだろうか。

中野由巳が郁子から聞いた言葉も、今の裕美は、はっきりと思いだすことができる。だが、どうやって裕美が二年前に亡くなったのか、その点を由巳が尋ねたとき、郁子は知っていたのか知らなかったのか、言葉を濁されてしまったような気がしてならない。

由巳が気分を悪くするかもしれないと思ったのだろうか。いや、本当に知らなかったのかもしれない。

知っていても言えないような死因というのは、何があるだろうか。

自殺。

そういう事情なら、由巳と洋平を交際させようとしているのだから、知らないふりをする可能性もあるだろう。もし、その自殺の原因がはっきりしていないとすれば、郁子は、由巳にはそのような事情はマスキングするかもしれない。

いや、自分は自殺なんかするはずない、と裕美は自答する。

——幼い亜美を残していけるものか。

いや……自殺の原因というより、急死の状態が事故死とも自殺とも、どちらにもとれるというのであれば、どうだろう？

だんだん裕美は気持ちが落ち込んでいく。

もし、田村裕美がこの世界からいなくなっても、中野由巳としての意識が亜美を引き受けてやればいいのではないか。そんな考えが唐突に湧き上がってきたが、即座に打ち消す。

——それで亜美が幸せになれるはずがない。亜美の母親は、この私、田村裕美なのだ。代わりになれる人なんか、いるはずがない。

そんなことを考えながら職場に着いた。

始業前だったが、席に着くなり、裕美は一心不乱に仕事を進めた。正直言って、他のことは何も考えたくないのだ。今、真実がわかることはない。思い悩むだけでは何も解決にならないのだ。

昼食どきになっても、何も食べようという気にならなかった。ただ、仕事を続けているのも不自然だった。

仕事先に頼まれていた月次の試算表を郵送しなければならない。一応、簡易書留で送るので、郵便局に行くことにした。

郵便局は、歩いて十分もかからない位置にある。身体を動かしていれば、昼食時に事務所で食事もとらずにじっとしているよりは、少しはましではないかと思ったのだ。

「郵便局まで出てきます」

所長が「ああ」と答える。

洋平や娘の亜美と違って、所長は、裕美の様子の変化などに気がつくことはなかった。目の前の仕事をこなすのが精一杯で、パソコンから目を離せずにいるのだ。

その方が、裕美にとっても有り難かった。

外の陽気は、気持ちよかった。裕美の心とは裏腹に、高く抜けるような青空が広がっていた。

思わず人通りの少ない本妙寺通りで立ち止まり、裕美は大きく深呼吸した。

やはり、外に出てきて良かったと思う。

本妙寺通りには、いくつもの寺が連なり、そのため緑も多い。裕美の耳に、小鳥たちの囀《さえず》りも届いてくる。

小走りで郵便局へ急ぎ始めた。近くの簡易郵便局は、井芹川の橋を渡って二十メートルほどの先の右手にある。

井芹川を見下ろすと緑色の水面がきらきらと輝き、一羽の白鷺《しらさぎ》が片脚で彫像のようにぴくりともせずに立っているのが見えた。その部分だけ切り取ってみれば、日本画の世界のようだなと思った。

橋を渡りきったところに、本妙寺通りと交差した車道が一本走っている。井芹川の流れに沿った道になる。

そこで、裕美の足が止まった。

その道の端に、男が立っていた。

その男の顔は、はっきりとわからなかったが、全体の体格とどこか雰囲気に見覚えがあるような気がしたのだ。

誰だったろう？

何のためにそんな場所で所在なげに立っているのだろう？

もう一度、裕美は目を凝らした。ハンチングをかぶった小肥りの男だった。年齢は四十代……いや五十を回っているかもしれない。顔はこちらを向いていないが、眼鏡をかけていることはわかる。

裕美は思う。顔がこちらをたまたま向いていないのではなく、男は意識的に顔をそむけているのではないか。

誰かを待っているのだろうか。

その間、第三者に自分の顔を覚えられては、まずいのだろうか。

中年男のいる位置を通り過ぎ、裕美は郵便局に入った。

送付手続きをすませる間にも、裕美は何故かさっきの男のことが引っ掛かっていた。どこで会ったのだろう？　いや、会ったことはない。

では、中野由巳の知っている人物だろうか。

由巳の記憶はかなり共有できるようになっていたが、すべてではない。

ふっと、タツノという名前だけが思い浮かんだ。何の脈絡もなく。

タツノという名前が、さきほどの男なのかどうか、そしてどういう人物なのかは、まったくわからない。

「お釣りです。どうかされましたか？」

窓口の女性にそう声をかけられて、裕美は我に返った。

「あっ、いえ、すみません。考えごとをしていただけで。大丈夫です」

そう言って郵便局を出て、井芹川沿いまで来ると、裕美は無意識にさっきの男の姿を探した。

だが、すでに男の姿をそこに見つけることはできなかった。すると、そこに男が立っていたのかどうかさえ、不確かな気がしてきた。

17

由巳は、バスの座席で文庫本を開いた。

文庫本にはメモ用紙が挟まれている。その用紙には、朝起きてすぐの田村裕美の記憶が新鮮なうちに、重要と思われることがすべて記されていた。

昔、宗教家が「お筆先」といって、自動筆記したのに近いような、走り書き状態でメモされたものだ。箇条書きしたものから、判じものめいたような書きかたまで、いろいろと混在している。

右手が動くにまかせるような形で、頭の中で渦巻いていたものが吐き出すように用紙に書き連ねられたメモだ。

《○田村裕美が死亡した日時を調べてください。
○その状況をできるだけ正確に調べてください。郁子さんに尋ねること。郁子さんでわからなければ、洋平さんに尋ねてください。
○私の娘の田村亜美の様子を見ておいてください。私が、もし本当に死んでいるのなら、亜美を悲しませていることが一番心配です。亜美は、春日しいのみ保育園に通っています。担任は棚田るみ先生です。
○田村裕美は、本妙寺通りにある「山根税理士事務所」にパートで出ていました。そちらに問い合わせれば、何かわかるかもしれません。
○タツノという男の人は誰ですか。由巳さんが知っているのでは、とも思います。気になります。目撃したとき、タツノという名前が浮かびました。それが、》
のたくったような文字で、そこまで書かれていた。精一杯書きとめた情報だろうと思う。それ以上の情報は伝えられなかったのか、メモをとる限界だったのか。

他の乗客がメモを覗きこむ気配を感じて、あわてて顔を上げて文庫本を閉じた。そして辺りを見回す。

気のせいだったようだ。誰も他の乗客で、視線を由巳に向けている人はいなかった。

由巳は自分に言い聞かせた。

——そうだ。こんな汚い字で殴り書きしたようなものを、誰も読む気にもならないはずだ。横から覗き読みしようとしたって、こんな小さな文字が読めることはないだろう……。

文章が途切れる最後の行の、タツノという人物。

裕美が見た光景が、閃光のように見えたような気がする。

橋際の小路に立っている男。

裕美が、その男に気になるものを感じたのは、自分の意識にある人物と共通点を見出《みいだ》したからにちがいない。

小肥りで目が細い。眼鏡をかけているらしいが、顔がこちらを向いていないため、表情がわからない。しかし、その体形だけは見誤ることはない。

タツノ。

あの人だ。高田社長と林専務の共通の知人。田村洋平から食事に誘われていた夕刻のことだ。あのとき、社長が会社に連れてきた男が、タツノと言った……。

社長は、会社の近くで出会ったと言っていた。感情があまり表に出てこないタイプの人だという印象を持ったが、仕事関係でもなく、自分とは縁のない人物だと思っていた。すぐに忘れ去ってしまうはずだった。そう、林専務が「タツノさん」と呼びかけているのを覚えているだけだ。

もう一度、見かけたのは、確か上通りに立っている姿だ。有沼郁子に呼び出されて昼休みにホテルへ行くときだ。

本屋の横に立っていたが、週刊誌や情報誌を立ち読みしている様子でもなかった。あそこからは、タカタ企画に通じる道を見通すことができる位置だった。

あのとき、はっきりとタツノという人物の存在を意識したのだ。

職業は何をやっているのか、想像がつかない。失業中で繁華街界隈《かいわい》をぶらぶらしていたのだろうか。二年半前までは熊本市内にはいなかったと、社長たちとの話で耳に挟んだような気がする。とすると、裕美がタツノを目撃したのは、それ以降のことということになる。裕美が見たのがタツノに間違いなければ、の話だが。

その頃は、本妙寺通りあたり、そして今は上通り界隈を徘徊《はいかい》している。

ホームレス？　でも、それにしては身ぎれいな恰好《かっこう》をしているような気もする。ホームレスだというのは考えすぎだろうか……。社長か林専務に聞いてみるのが一番確実だろう。

その日の朝は、社長は取引先のゴルフコンペに直行していて、タカタ企画には林専務と由巳だけだった。

迷った挙句、由巳は林専務にタツノという男のことを訊いてみた。

「先日、夕方に社長が連れてこられたタツノさんという方は、どんな方なんですか」

「ああ、タツノくんか。じつに久しぶりだったなあ。中野くん、なんで急にそんなことを思い出したの？　何かあったの？」

「あ、いえ。また、そこの本屋さんのところで、昨日、見かけたんです。この辺が、お仕事先なのかなあ、と思って」

「えっ、タツノくん、またいたの？　何、やってるのだろう？」

林専務がそんな言い方をするのは意外だった。

「えっ。ええ」

「彼のことは、実はよく知らないんだ。顔とか特徴があるから、高校時代とあまり変わっていなくて、名前とか出てきたけれど、特別親しかったわけじゃない。それに、あまり喋るやつじゃないからね。この間も見てて、そう思わなかった？」

「はあ……」と由巳はなんともコメントしようがない。

「高校時代に同じクラスだったのは憶えているけど、それ以上のことは正直言って、あまりよく知らないんだ。社長もね、卒業後のことは実はあまり知らないんじゃないかなあ。俺と同じで。ほら、こんな仕事をしていると、誰にでも愛想よくしてしまう。悲しい性《さが》なんだよなあ」

「でも、あんなに懐かしそうに、親しそうに話していたじゃありませんか。林専務、親しくなかったたって……意外です」

「だから、話を横で聞いていたらわかるけれど、皆、相手のことを尋ねたりしない。せいぜい、今、どうしてるんだくらいの質問しかしない。皆、それぞれ答えたくないことがあるからね。その質問であれば、自分の答えたいことだけ答えられる。こちらに住んでいるとか、失業していることは話さないかもしれない。なんとかやっている、と彼は言ったかなあ。

あとは、それぞれの過去のおもいでを勝手に話しているだけなんだ。どんな先生だったかとか、クラスであんなことがあったが憶えているかとか、自分の記憶を確認している。タツノくんは、その触媒に過ぎなかったなあと思う」

由巳はちょっと呆れてしまった。

先日、三人で応接ソファに腰を下ろして、しきりに高校時代の昔話に花を咲かせていたというのは、それぞれがおもいでに耽《ふけ》っていただけで、相手のことを懐かしがっていたわけではないということか。

「そんなものなんですか」

由巳は、自分の声が拍子抜けしていることに気がつく。

「ああ、そんなものだよ。冷静に分析すればね」

林専務は少し肩をすくめる仕草をしたものの、臆面もなくそう答えた。

「じゃあ、タツノさんが何をしている人とか聞いておられないんですか？」

林専務は、変なことを訊くね、というように、一瞬眉をひそめてから答えた。

「それは……そういえば話題に出なかったな。おたがい元気そうだったし。そういうことでよかったんじゃないかな。タツノくんが教えたかったら、自分の方から、今こんなことをやっているんだという話題も出てきただろうし」

「そうですか……」

「この近くに仕事先があるのかな？　どうなんだろう。そういえば、しばらく話したら、あわてたように帰っていったなあ。行かなきゃいけないって。なんだか、耳に何かはめていたから、何か呼び出しを受けたのかもしれないね」

「はあ」

それだけでは、タツノがどのような人物なのか、由巳にはまったくわからない。どのように裕美に関わりあってくるのか。あるいはまったくの偶然なのか。

「そんなことより、ええっと、県の環境企画の方からは、ファックスは入ってなかった？

原稿の校正についての問い合わせなんだけれど」

「ファックスはなかったんですが、メールは来てました。問題ないから、あれで進めて下さい、とのことです」

「あっ、そう。よかった。少し時間が浮いたかな」

林専務の頭には、すでにタツノのことなど片鱗《へんりん》も存在しないようだった。

今の時点では、タツノに関しては何もわからない。もっと簡単に、くわしい情報が得られると思ったのに。

中年男たちの昔馴染み同士の関わりあいが、これほどに淡白だということに呆れもし、由巳はがっかりもしていた。


昼前に林専務は外出していった。統計調査項目の打ち合わせだと言っていた。正午を回って、由巳は休憩時間に入る。

文庫本に挟んだメモ用紙を取り出して、タツノと名前が書かれたメモの上に×印を付けた。何も情報が得られなかったからだ。

その隣りに目を移した。

「山根税理士事務所」とある。

田村裕美が勤務していたという本妙寺通りの仕事先だ。

そちらに問い合わせれば、何かわかるかもしれません、とある。

電話帳の職業別で、すぐに電話番号は探し出すことができた。

どうしよう、と一瞬だけ迷う。今は昼休みだ。相手にも迷惑はかからないだろう、と考えた。

携帯電話を取りだした。迷っているだけでは、新しいことは何もわからない。

田村裕美が税理士事務所で思い悩んでいたときの心の状態を、ふっと思い出す。すべてが中途半端な迷いだけの世界にいる。焦燥感《しょうそうかん》というか、蛇の生殺し状態で、自分でどうすればいいのか、わからずにいる……。

裕美の世界では、どう転んでもわからないことが、由巳の世界では見えることもあるのではないか。

それを調べるのは由巳の義務ではないのか。由巳にしかできないことをやることが……。

「山根税理士事務所」のナンバーを押した。

呼び出し音が鳴り、由巳は緊張する。その呼び出し音が二回鳴ったところで相手が出た。

その瞬間、由巳は思わず生唾を呑み込んだ。

「はい、山根税理士事務所です」

電話の向こうで声がした。誰の声か、由巳にはわからない。裕美の記憶にない若い女性の声だ。

「あっ、すみません。そちらに田村裕美さんがお勤めだとうかがったのですが」

「田村、さんですか。その名前のものは当事務所にはおりませんが」

電話の女性は、最近事務所に入ったのだろうか。本当に知らないらしい。どう訊いたものかと考えたとき、背後で飛び交う声がした。

「えっ、その電話、田村裕美さんのことなの？」

その声には聞き覚えがあった。裕美の斜め前の席の平田信子ではないか。特別に仲が良かったわけではないが、声には聞き覚えがある。

「あっ、そうみたいです。平田さん、ご存じですか」

「前に、田村さんは、事務所にいたわよ」

「えーっ。平田さん、この電話、代わってもらっていいですか」

「えー、ちょっとねえ。あ、所長に代わってもらった方がいいのかなあ」

「所長、所長。田村裕美さんのことで電話なんです。私、知らないんで、受けてもらっていいですか」

そこで、電話は保留状態になり、グリーン・スリーブスの曲が流れた。税理士事務所では、電話に出る出ないのやりとりでもめているのかもしれないな、と由巳は思った。

曲が途切れた。

「はい、お電話、代わりましたが。お待たせ致しました」

その掠《かす》れた声にも聞き覚えがあった。結局、所長が電話口に呼び出されることになったらしい。

「田村裕美さんの知り合いなんですが、そちらにお勤めになっているという話を聞きましたので、お電話をさしあげました。そちらに今は、おられないんですか？　どうしても連絡をしたいことがあるので、もし連絡する方法をご存じであれば、教えて頂きたいのですが」

「ああ……」と所長は、言葉を一度切った。「今は、田村さんはこちらにはおられません。二年前にご不幸がありましてね」

「えっ」

ご不幸という言葉に、由巳はおもわず反応してしまった。やはり、と思いながらも、現実に所長にそう言われて、ショックだった。

「それは、どういうことですか？」

それが、由巳にとっては一番知りたい情報なのだ。

「田村裕美さんは亡くなられたんですよ。もう二年になりますねえ。そのくわしいことについては、ちょっと私の方から申し上げかねますが」

「あの、くわしいことは、どうすればわかりますか。亡くなられたのが、いつだったかとか」

「すみません。どのような繋がりの方か存じ上げませんし、このような個人的なことは無闇にお教えすることはできないんです。おわかりでしょう。個人情報に関わることですから」

山根所長は、このような点では、前から頑固なのだ。所長が言うことは正論ではあるのだが。

これ以上尋ねても、教えてもらえることはなさそうな雰囲気だった。

「田村さんのご家族は、ご存じですか?」

山根所長が由巳に訊いた。

「ええ」と反射的に由巳は答えてしまった。

「そうですか。じゃあ、本当に大事なご用件でしたら、ご主人にご連絡なさったらいかがかと思います。ご家族の連絡先はご存じだとおっしゃいましたよね。そちらから聞かれるのが筋だと思います。そういうことで、よろしくお願いします」

そして電話は切られた。

由巳は唇を噛みしめた。税理士事務所へ足を運んで尋ねていれば、少しは得られる情報も違っていただろうか。顔が見えない未知の人物からの問い合わせで、これだけでも応対してくれたということではないのか。

だが、事務所としての守秘義務は、ちゃんと守られている。

もっと簡単に事実の詳細を知ることができると思っていたのに、と思いつつ由巳はメモの「山根税理士事務所」の上に、また×印を記した。

確認できたのは、田村裕美は二年前に亡くなっているという事実だけだ。それだけが事実として厳然とある。

だが、その周辺の詳細な情報は、相変わらず由巳にはわからず仕舞いだ。やはり、方法としては、田村洋平の口から、そのときの状況を教えてもらうしかないのではないかと思える。しかし、由巳にそんなことを話してくれるだろうか。

高田社長がゴルフコンペから帰社したのは、四時過ぎだった。表彰式は失礼したそうだ。

「中野くん。時間はとれますか」と声をかけてきた。

「ええ。今のところ、もう急ぎの用件はありませんから、大丈夫です」

「そうか」と社長は大きめの茶封筒を由巳に差し出した。

「これ、商工会議所の広報の吉田さんに届けてくれないかな。明日の午前中までにと約束していた統計資料なんだが、早ければ早いほどいいって、言っていた。私はもう一つ片付けておかなければならない用件があってね。申し訳ないが、これを商工会議所まで届けてほしいんだけど、いいですか。早い納品だと、喜んでくれるはずなんだ」

「わかりました。じゃあ急ぎますね」

「ああ。中途半端な時間帯で用事をお願いするから、帰る頃は退社時間にかかっていると思う。だから、これを届けたら、そのまま帰宅していいですよ」

由巳は、素直にその言葉に甘えることにした。

タカタ企画を出ると、由巳は上通町の市電に乗った。熊本駅行きに乗って河原町電停で降り、届け先の商工会議所に着く。

茶封筒を渡すと、相手先は、「さすがタカタ企画さんだ。ちゃんと早めに仕上げてくれる」と喜んだ。

目の前で自分の会社の仕事を喜んでもらえることが、由巳は嬉しかった。事務所の中では、顧客の反応を自分で直接知ることは少ない。あっても、電話での反応でしかないことがほとんどだ。だから、生の声で聞けるのが新鮮なのだ。

お茶でも飲んでいきなさい、と担当者にすすめられるのを辞退して、商工会議所を出た。

時計を見ると、四時半だった。

この時間帯で自由になるというのは、いいタイミングではないかという思いがあった。

由巳は、メモにあった「春日しいのみ保育園」へ行ってみようと思いついたのだ。

18

文庫本に挟んだメモのことを、由巳はしっかり記憶している。

田村裕美の願い、そして知りたいことが、そのメモには列挙されている。由巳が朝、目を覚ましてすぐ必死で書きとめたものだが、田村裕美の想いのすべてをメモに残すことができたかどうかはわからない。ひょっとして続きがあるのかもしれないが、メモは途中で切れたように終わっていた。

由巳は、メモの項目のうち、すぐにできることは調べてみた。そのやり方が適切だったかどうかはわからないが、とりあえずやるべきことはやってみたという気持ちでいる。しかし、裕美が知りたがったタツノという男の正体はわからないままだし、本妙寺通りの「山根税理士事務所」からも何ら役に立つ情報を聞き出すことはできなかった。

これほど調査というのは難しいものだろうか、と思う。

タツノという人物については、高田社長へも訊いてみるべきだったのではないか。林専務は、昔馴染みに対してほとんど何の愛着ももっていなかったが、高田社長は、また別の考え方をしているかもしれない。社長はタツノの情報についてもっと具体的な何かを知っているかもしれない。

そんな風に思いをめぐらせていたとき、ちょうど高田社長が帰社したのだったが、社長に急ぎの用事を頼まれ、由巳はそれをこなさなくてはならなかったのだった。

社長にはまた折を見て、タツノという男の情報を尋ねてみたい。ただ、林専務がいるときは、同じ質問はしづらいし、そんな都合のいい機会が訪れるだろうか。

でも、代わりに、春日しいのみ保育園を訪れる機会がやってきたではないか。チャンスだとも思えた。

由巳は、その保育園に行ったことはない。もちろん正確な場所も知らないのだが、何も考えずに自然に歩いていることに自分でも驚く。北岡神社まで、商工会議所から小走りだった。すると、その向こうは、鹿児島本線と九州新幹線の線路がある。高架下の踏切を渡った。

春日しいのみ保育園に行かなければという思いだけで、身体が勝手に動いていく。

由巳は住宅街の入口にある建物の前で立ち止まった。

保育園の門扉の前には、数台の乗用車が止まっている。その門扉を開いて、園児を連れた母親が出てきた。

ここは、親や家族が迎えにくるまでは園児を預かっていてくれるのだ。この時刻なら、田村亜美は、まだ園内にいるかもしれないということだ。

亜美の姿を見ることができる可能性があるということで、心が騒ぐ。

鉄のレール式の門扉を開けて中に入ろうとして、由巳は取り付けてあるプレートに気がついた。

「当園に関係のない方の入園は、ご遠慮ください。」

亜美の母親としての裕美が、ここへ迎えに来ていたときは、あまりに当然すぎてこのプレートに注意を向けることもなかった。

ところが、今は中野由巳なのだ。亜美との関係を、どう答えればいいというのだ。亜美の叔母とか従姉とか。何と言ったところで嘘と思われてしまいそうな気がする。

逡巡しながらも中に入った。

由巳と同じ歳くらいのエプロン姿の女性が二人、砂場にいる子供たちの中から立ち上がった。二人とも保育士さんのようだ。

「こんにちは」

一人がそう声をかけてきた。

返事することもできず、由巳は立ちすくんだ。もう一人の保育士も「こんにちは」と由巳に言った。

そこでやっと由巳は、「こんにちは」と声が出た。

何かおかしいと思ったのか、二人の保育士は顔を見合わせている。

「何か、ご用でしょうか？」

そう言われて、どう答えるのがベストなのだろうか、と由巳は迷う。

「あのう、田村亜美ちゃん、こちらにいますよね？」

「どういうご用件ですか。お迎えに来られる方は、登録して頂いてますが。お名前は？」

この保育園は、園児たちを守るセキュリティに対して万全の注意を払うことで知られていた。

「ええと。こちらに棚田るみ先生っておられますよね？」

藁《わら》をも摑《つか》む思いで、由巳は頭に浮かんだ名前を告げた。棚田先生が出てきてくれたら、亜美に会わせてくれるようにお願いしてみよう。

「棚田先生は、三月までで退職しました。もう結婚して熊本を離れましたが」

その返事を聞きながら、由巳は最悪だと思う。

「あの、じゃあ、いいです。出なおすことにします」

そう言って頭を下げながら、このままでは完全に不審人物だと思われたに違いない、と自己嫌悪に陥った。

一刻も早くこの場を立ち去りたかった。

そんなときにも、つぎつぎに園児を迎えにきた母親たちが現れる。そして、由巳を見て胡散臭《うさんくさ》い奴だという視線を向けた。

そのときだった。

庭沿いの教室から一人の女の子が姿を見せ、靴を履いている。

その女の子が誰なのか、由巳にはわかった。

由巳を刺激しないようにとでもいうように、さりげなく、しかしすばやく保育士の一人が、その女の子に近寄っていく。

「亜美ちゃん」

思わず由巳は、そう漏らしていた。

女の子の耳に、それが届いたかどうかはわからない。

その女の子は顔を上げて立ち上がった。

裕美の記憶にある亜美よりも頬のふくらみが消えて、手足がすらりと伸びていた。知っている亜美よりも二年分だけ成長しているのは間違いない。

亜美は、いったい何者なのか見極めようとするかのように、由巳の顔をしっかりと見据えている。その背後に、守るように保育士の一人が立った。

なぜか由巳の目から涙が溢れてきた。こらえようという余裕もない。

「お姉さん、私を知ってるの？」

亜美が、しっかりした口調でそう言うのが聞こえた。この子は、田村裕美がいなくても、りっぱに育っている。それが由巳には、はっきりとわかった。

由巳は反射的にうなずきつつ、亜美を抱きしめたいと思った。

「亜美ちゃんは、この方を知ってるの？」

保育士が亜美を庇《かば》うように抱きながら尋ねる。

亜美は、大きく首を横に振って言った。

「知らない。でも、どこかで私、会っているのかもしれない。わかんない」

そのとき、由巳は、亜美の何が一番大きく変わったのかを知った。外見からはわからなかったことだ。

裕美の視点をもってして初めてわかること……。

亜美の心に、ぽっかりと影が生じているのだ。それは裕美が知っている亜美にはなかったものだ。

もし亜美が母親を失ったときに、その影が生じたのであれば、亜美にそのことを尋ねるのは残酷すぎる。傷口を覆っているかさぶたを剝《は》ぐような行為ではないか。いや、傷口は、まだかさぶたさえ作っていないかもしれないのだ。

虫の羽音のように、耳のまわりで何かが響いていた。その中で、由巳はやっと「お引き取り下さい」という声を聞きとることができた。

それは自分に向けられた言葉だ。これ以上、この場にいるべきではない。それだけは由巳にもわかった。

「すみません。失礼いたしました」

由巳は保育士と亜美に深々と頭を下げ、踵《きびす》を返した。

「ねえ、お姉さん、待って」

亜美から声をかけられて、由巳は立ち止まった。

ゆっくりと振り向く。保育士と手をつないだ亜美がじっと由巳を見つめていた。

「お姉さん、ママのことを知っているの？」

亜美は、そう訊いてきた。

どう答えたものかわからない。どう答えても嘘になる気がする。中野由巳は、まだ一度も田村裕美に会ったことはないのだから。

知っている、と答えるわけにはいかない。

しかし、自分と裕美の心とは繋がっている。知らないと答えても嘘になる。

聞こえなかったふりをして、由巳は保育園の外へと急いだ。もう亜美も声をかけてくることはなかった。

通りに出て、由巳は大きく深呼吸をした。どうしたものか、と迷う。時計を見ると、すでに五時半を回っていた。

亜美とは、言葉を交わすことができなかったが、亜美が幼くして、哀しさと淋しさの影を背負っているということだけはわかった。その理由ははっきりしている。

母のない子の瞳だ。

いろんな人から愛情を注いでもらえるのかもしれない。しかし、決定的に必要なものは、あの年頃では母親からの愛情ではないか。それはなにものにも代えがたい。

亜美に、あんな眼をさせてはいけない、という思いが強烈に湧き上がってきた。

すると、このまま引き下がって帰るわけにはいかないという気がしてきた。どうすればいい。どうすれば、新しい何かを知ることができるのだろう……。

由巳は保育園が見渡せる道沿いのバス停に立ち続けた。いずれ亜美を迎えにくる誰かが現れると思ったからだ。それを見届けておきたかった。

目の前を、保護者たちが、乗用車で、自転車で、あるいは歩いて保育園を訪れては、子供を連れて家路についていく。

歩いて保育園に入っていく女性に目がとまった。大きめのバッグを肩にかけ、グレイのジャケットを着て、手には食材で膨れ上がったエコバッグを持っていた。

園内に消えてほどなくして、年少組らしい女の子を連れて、そのグレイのジャケットの女性がもどってきた。子供と談笑しながら通りを歩いている。

あれが、田村裕美であるときの自分の姿なのだ、と由巳は思った。洋平とのマンネリの日々……。しかし、そのような、なんでもないような日常の習慣の中にこそ幸福があるのだ、と思っていた裕美……。しかし、あまりに当たり前すぎて、普段はそれがどんなに大切なことかを忘れているのだ。遠ざかっていく、あの女性には、それがちゃんとわかっているのだろうか……。

そのときだった。

白いバンが、保育園に駐車しようとしているのが見えた。

車体には「K・O・S　ケー・オー・エス」と書かれていた。見覚えがある。田村洋平が、会社で営業用に乗っている自動車だ。

ブレーキランプが消えると、スーツ姿の男が降りた。見間違うことはなかった。洋平が、自分で亜美を迎えに来たのだ。

ここでも、やはり、田村裕美という存在に会うことはできないということを由巳は思い知らされていた。同時に、ここで待ち続けていた理由もわかった気がした。

これまでの裕美からの情報も、郁子から聞かされた情報も、すべて勘違いや思い違いで、亜美を迎えにくるのは田村裕美本人であるという可能性を、ほんの数パーセントでも自分は期待していたのかもしれない、と……。

洋平は、バス停にいる由巳に気がつくことはなかったようだ。そのまま鉄の門扉を開き、保育園の奥へと消えていった。

あわてて由巳は移動する。バス停にそのままいれば、出てくるときに洋平が、由巳の存在に気づくかもしれない。

数メートル離れたコンビニの中へ入った。そこの雑誌売り場の位置からであれば、保育園の出入り口を確認することができた。

女性雑誌を読むふりをして、外の様子に注意をはらう。

園内に入った洋平は、なかなか出てこなかった。

時計を見る。

まだ六時になっていない。少し悔しい気もした。洋平は家族が亜美だけになって、毎日送り迎えをしているのだろうか。裕美と暮らしていたときも、その気になれば、もっと早く帰宅することができたということなのか。いつも早くて夜の八時頃。十時、十一時がざらだったではないか。いや、それは家庭のことを裕美に安心してまかせていたのだろう。そういうことだ。

由巳は、そう自分に言い聞かせる。

洋平はまだ園内から出てこない。その理由を由巳は考える。

きっと、さっき突然に亜美を訪ねて現れた女について、報告をされているのではないだろうか。洋平も心あたりがなく戸惑っていることだろう。人相や年齢、服装についても話が出ているかもしれないが、洋平がその特徴を聞いたところで、それを由巳に結びつけることはまずないだろうが……。

門扉が開いた。

二人が現れた。洋平が亜美の手を握っている。自動車のドアを開けて、洋平は助手席にやさしく娘を座らせた。

夕陽のせいで、車内の二人の様子は見えなくなった。

ゆっくりと白いバンが動き出した。コンビニの店内の様子など気づくはずもないと思いつつも、由巳は女性雑誌を顔まで近付けて首をすくめた。しかし、目だけはしっかりと通り過ぎる白いバンの行方を追う。

ゆっくりと車は左へと曲がった。

助手席の亜美の姿をはっきりと確認できた。亜美は淋しそうに俯《うつむ》いていた。

19

その朝は、田村裕美としての前日の記憶が一切存在していないことに、中野由巳は気がついていた。

そのようなことも、よくあるのだ。

正直言えば、前日の田村裕美の記憶が残っていないと、ずいぶん気楽な気がする。この数日、朝起きると、裕美が伝えたがっている情報を忘れないうちに急いでメモすることが義務のようになっていたから。

ただ、由巳自身の前日の行動は忘れるはずもない。田村裕美のことについての調査は、舌打ちしたくなるほど何も進展がない。由巳の調査のやり方に何かまずいところがあったのだろうか。

今日は、社長と専務は午前中、外の会議に出席で不在の予定だったこともあって、由巳はいつもより少し早めにタカタ企画に着いた。

席に座ると同時に、由巳は大きな溜息をついた。

——裕美さんは、何も情報がもたらされずに、がっかりしているだろうなぁ。ごめんなさい……ふと、そんな申し訳ない気持ちがよぎる。

それでも、自分なりに精一杯やったのだと言いきかせた。

あと、どのくらいの時間的余裕が二年前の田村裕美に残されているのだろうか。今のままでは、そのタイムリミットさえわからない。

そのときだ。ぼんやりとだが、由巳である自分が、なぜ田村裕美と心が繋がっているかということが、わかったような気がした。本当にそれが理由かどうかはわからないのだが、ひょっとして裕美の無念の気持ちが未知の力となって発せられたのではないか、と。その何らかの力が、時を超えて由巳の心にたどり着いた……。

何故、自分に?……と思う。洋平や有沼郁子が言っていたことも関係あるのだろうか。どこか田村裕美と似ているらしい。顔は似ていないと思う。しかし、郁子や洋平の目には、仕草や行動がそっくりに映ったようだ。

田村裕美と同じ波長を備えていたということか。

波長？　一口に言ってしまったが、何の波長がシンクロしてしまったというのか。未知の力の波長？

ただ、これだけはわかる。田村裕美は中野由巳に対し、真実は何なのか、つきとめて欲しいと願っている。

由巳は託されているのだ——そう思いあたったとき、すとんと何かが腑に落ちる感じがあった。

真実にたどり着くためには、遠慮するものは何もないのだ……。やるべきだと考えたことは、すべてやってみても許されるのだ……。それで、田村裕美の命を救えるのであれば……。

そうだ！　と、もう一度、自分に言い聞かせた。裕美の急死の事情はまだ分からない。だが、真実を知ることに加えて、より重要なことが、自分に託されているのではないか。事故死にしろ、自殺にしろ、あるいはもっと他の不審死にしろ……。

自分に託されているのは、田村裕美の生命を救え！　ということではないのか。

いや、すでに由巳の世界では裕美は死んでいる。しかし、もし過去の時間の運命に干渉することができるとしたら……。由巳に託されているというのは、そういうことではないのか。

裕美さんを救う！……。

そのとき、なぜかタツノという男のことが頭の中をよぎった。

タツノという男は、高田社長が先日、会社に連れてきた。

強烈な印象が由巳に焼きついている。だから裕美が、タツノという人物のことが気になったとメモに残していたのでは……。

何か裕美の死と関係があるということなのか。そしてそれが、由巳の時間と裕美の時間でシンクロしあっていることと、なんらかの関係があるのでは……。

裕美の死が病死でも事故死でもなかったとしたら、そして、自殺でもないというなら……では、もしも……。

もし、裕美が誰かに殺されたのだとしたら。

タツノという男が放つ雰囲気を思い出す。何を考えているか、わからない目をしていた。

得体の知れない不気味な何かを放っていたようにも思える。

社長や専務の旧友が、そんな怖ろしいことに関わりがある人だなどということが、あり得るのだろうか。

田村裕美がタツノという名を思い浮かべたのは、由巳からの記憶の連鎖かもしれない。

いや、裕美が予知したということかもしれない。自分がいずれ、この人物の手にかかり忌まわしい殺されかたをするという、虫の知らせのような……。

　世の中に科学の力をもってしても説明のつかない不思議なことがあるのだ……いや、二年前の田村裕美と今の自分の意識が一つにつながっているということのほうが、もっと〝説明のつかない不思議なこと〟なのだが……。

　それにしても、あのタツノという男は、何故この近くをうろつきまわっているのか。

　本屋の横に立っていたのも偶然とは思えない。

　新たに毒牙《どくが》にかけようという対象を見つくろっていたとしたら……。

　上通りの本屋横であれば通行者の数も多い。その中から標的として好ましい相手を探している。そう考えると、由巳の背筋を冷たいものが這い登っていく。

　――タツノという男が、自分の自動車に言葉巧みに誘いこむ。暴力で脅えさせ人気《ひとけ》のないところへ連れていって、残虐な行為に及ぶ。――由巳はそんな想像をしてみる。

　いや、タツノという人物に不審を抱《いだ》いているのに、いくら言葉巧みであっても裕美がタツノの誘いにのることはないだろう。可能性が高いのは、裕美に気づかれないように後をつけ、家に裕美が一人だということを確認して、タツノが押し入ったのだとしたら……。

　そこまで考えたとき、激しい動悸に襲われ、由巳の脳裏には、タカタ企画の窓から邪悪な影が入ってこようというイメージがぼんやり視覚化された。

あの影こそがタツノではないか。

タツノは社長に連れられてタカタ企画に来たときに、自分をじっと細目の三白眼で睨《にら》んでいたのではなかったか。あのとき、標的として自分に焦点を合わせたかもしれない。だから、この近くの上通りの本屋あたりでへばりついているのだとしたら……。

そのとき入口のドアが開く音がして、由巳は思わず恐怖で、小さな悲鳴のような声を上げた。緊張が極限に高まっていたのだ。

田村洋平が立っていた。

洋平は、事務所に由巳だけしかいないことを素早く確認すると、由巳の席へ近づいてきた。

由巳は、かるく頭を下げた。喉がからからに渇いてしまった感じで、言葉が出てこなかったからだ。

「どうも。突然お邪魔してすみません」

洋平は言葉こそ丁寧だが、少し困惑しているような感じがした。

「はい……あ……いえ……」

由巳の方も戸惑った返事になった。もっと真実に近づくために、由巳の方こそ、洋平と話したいと思っていたのだ。

洋平は眉をひそめて、小声で由巳に言った。

「あの、間違っていたらすみません。尋ねておかなくてはと思って寄りました。実は……実は……私には娘がいるのですが、中野さんは娘の保育園に行かれましたか？」

由巳は、洋平がそんな表情を見せたことに納得していた。由巳が田村亜美に会いに来たしいのみ保育園へ行ったことが、保育士の口から洋平に報告されたのだ。娘に会いに来たという女性の特徴を聞かされているうちに、洋平の頭の中で由巳の姿に結びついたらしい。亜美も、会いに来たという女性がどんな印象だったかを適確に指摘した可能性がある。

洋平は、由巳の返事をじっと待っていた。由巳を咎《とが》めている気配はない。むしろ後ろめたいような様子が感じられるのは、自分に娘がいることを由巳に一切話していなかったことから来るのかもしれない。

これ以上、隠しだてすることの方が不自然だと由巳には思えた。

だが、裕美と由巳の意識が連なっていることを話すことは避けたかった。どう説明していいかわからないし、あまりに現実離れし過ぎている。

由巳自身でもうまく説明がつかずにいる現象なのだから、真実を話したところで洋平がその通りに理解してくれるとは、とても思えなかった。

だが、由巳にできることはある。

「はい。確かに、保育園を訪ねました。有沼郁子さんに、田村さんのことをどう思うかと訊かれました。そのときに、娘さんのことをうかがいました」

そう由巳は答えた。嘘は言っていない。郁子は、洋平に娘がいることは話した。だが、亜美が通っている保育園の名前までは聞かされてはいなかった。

それでも、その答えで洋平は納得したようだ。

「ああ、そうだったのですね」

由巳は次の洋平の質問を待った。「何故、娘の保育園に行ったりしたのか?」といった質問があって当然だ。

「そうですか。有沼くんから聞いたのですね」と洋平は繰り返した。それで、すべて合点がいったふうだ。

由巳に交際している特定の人がいないか、郁子が調べることを洋平は承知していたようだ。とすれば、郁子が、洋平に対する由巳の気持ちを確認するときに、由巳に洋平に関する情報を聞かせたにちがいないと腑に落ちたのだろう。

「そうです」と由巳はうなずく。「ちょうどその前に河原町の商工会議所へ行く用事があったんです。同じ方向だったし、会議所の用事が早く終わったので足を延ばすことができました。娘さんは田村さんによく似ておられるなぁ、と感心しました」

洋平は照れ臭そうに頭を掻いた。確認し終えた後、それ以上、何を由巳に問うかまでは想定していなかったようだ。

「安心しました。ただ、どこの誰が亜美に会いに来たのか、気になったものですから。あ、娘の名前は亜美というんです。わからないままだと心配で、ずっと頭から不安感が離れないままになってしまう。中野さんでよかった」

それは本心のようだった。洋平が娘の名前までは由巳が知らないと誤解していることについては、由巳は黙っていた。

「じゃあ、家内のことも、有沼くんから聞かれたのですよね？」

「ええ。だから、お一人で娘さんを育てておられるんですね」

「ええ……亜美もこらえているんでしょうが、つらい思いをさせていると思います」

もっとくわしいことを訊きたい。尋ねたい。由巳は、洋平の口から真実を知りたかった。

「あの……食事を作りに行きましょうか？　娘さんの心の支えになれるかどうかわかりませんが」

自分の口が、勝手にそんな提案をしてしまっているのが不思議だった。今の提案は、あまりにも唐突に聞こえたのではないか。

しかし、それは由巳がつながっているにちがいない田村裕美の衝動のようなものだとも、由巳には思えた。

だがそれ以上に、由巳は、より詳しい裕美の死の真実に近づくことができるという思いが並行してあったことは間違いない。

由巳の言葉に、自分の耳が信じられないという様子で、洋平の目は大きく見開いていた。そして次の瞬間には、洋平の表情は歓喜で輝き始めた。

「なんと言えばよいのか……。中野さんの都合のいい日でかまいません。いや、いつでもウェルカムなのですが」

洋平は声を掠れさせながら、そう言った。

20

話は急展開して、その日の夕方に由巳は洋平の家を訪問するという約束ができあがった。

夕飯を由巳が用意するという約束なので、食材を買い揃えてから市電で洋平の家に向かうということになった。由巳は、裕美の記憶をたどれば、マンションに直接行くこともできるのだが、それではあまりに不自然すぎるので、黙っていると、洋平が熊本駅の市電停留場まで迎えに来てくれるという。そして通町筋の電停を出るときに電話を下さいと、自宅の電話のナンバーを記して渡された。

デパートで食材を揃えた。亜美の好きなソーセージと目玉焼きにしようかと思うが、あまりにピンポイントの好物を選びすぎることにも抵抗があった。亜美から、不思議に思われる気もする。そこで、一番無難なハンバーグを作ることにした。ソーセージと目玉焼きでは、あまりに手がかからなすぎるし、洋平には喜んでもらえない。手づくりのハンバーグは洋平の好物でもあるし、彼にとっては酒の肴にもなる。それに、そこそこ亜美も喜んでくれるおかずなのだ。

熊本駅の市電停留場に着くと、洋平は亜美を伴って迎えに来ていた。

「よく来てくれました。娘の亜美です」

洋平は由巳に、あらためて紹介した。亜美は、どこか不安そうに父親と由巳の顔を見較べていた。

洋平のズボンを引っ張って「このお姉ちゃんだよ。しいのみ保育園に来たのは」と小声で教えた。保育園に現れた由巳の顔をちゃんと覚えていたらしい。

「うん。パパもちゃんと知ってるよ」と洋平が亜美に答える。「さあ、亜美ちゃんは、ちゃんとご挨拶できるかな」と言われると、亜美は口を尖《とが》らせて、仕方なさそうに浅いお辞儀をした。

由巳に対して警戒感を抱《いだ》いているようだ。父親に親しげに近づいてくる母親以外の女性には、娘は本能的に敵意を抱くのかもしれない。

その気持ちはよくわかる。これからも、由巳に対して心を開くのは時間がかかるかもしれないと思える。いや、ひょっとしたら、由巳に対しては心は閉ざしたままだろうか。

由巳が洋平と食事に出かけたときは、亜美は有沼郁子に面倒を見てもらっていたのだ。郁子となら、亜美は心穏やかに過ごすことができるというのだろうか。

「あ、亜美ちゃん、よろしくね。パパのお友だちの中野といいます。きょうは、亜美ちゃんとパパに、晩ごはんを作りに来たの。一所懸命作るから。がんばって作るから」

返事はしなかったものの、亜美は一度だけ大きくうなずいてみせた。目は、まだ完全に信用していないんだから、と訴えているような気がする。

三人で並んでマンションへ向かう。そのルートは毎朝、田村裕美が亜美を保育園へ連れていくときと逆方向に歩いていることになる。洋平や亜美に案内されている立場なのだから、由巳は、ゆっくりと歩く。

そういえば、裕美の記憶にある古い民家がなくなっていることに気がついた。代わりに空地になっていて、マンション建設予定地の看板がある。

そうだ。確かに田村裕美が生活していた頃から、時間は経過しているのだ。亜美の背丈が伸びて用心深くなったほどに。

そして、この時間の世界には、やはり田村裕美は存在していないのだ、と思い知らされる。

変わっていないものと、微妙に変わってしまったものと……。

「重いでしょう。買いものをしてもらって、しかも荷物を持たせたままで、すみません。自分でも気の利かなさに呆れてしまいました」

洋平が急に、由巳が持っていた食材の入ったレジ袋を抱《かか》えてやろうとする。重そうに見えたのだろう。出迎えたときに気づかず、今になって気がつくなんて、いかにも洋平らしい、と由巳はおかしくなった。

マンションに着いた。洋平たちの家は三階にある。

裕美の視点では見慣れた光景なのだが、時間がずれていることもあって、どこがどうとは言えないが、由巳の目には新鮮に映る。

マンション住人用の郵便受けの横に、子供用自転車が数台ならんでいた。そのうちのピンク色の一台に「たむらあみ」と書かれている。裕美の記憶でも亜美は自転車を持っていたが、そのときよりもひとまわり大きな自転車になっていた。

洋平が身体のサイズに合わせて買い替えてやったのかと微笑《ほほえ》ましくなった。一所懸命に亜美にだけは注意をはらってやっているのだ。

部屋がどのくらい汚れているのかが心配だった。亜美と一緒に生活しているとはいえ、昼は仕事に出なければならない。日々の家事までこなせるとは、とても思えなかった。

「どうぞ」

洋平に促されるままに由巳は中に入った。靴棚の上の人形も、花瓶も見覚えのあるものだ。ただし、花瓶に花は活《い》けられていない。花は入っていなかったが、ちゃんと雑巾がけされているようで、棚は埃《ほこり》もかぶっていない。

三和土《たたき》にも、余分な靴が並んでいたりするわけではなかった。すっきりしている。裕美の履物類は、まったく見あたらないのだ。ただ、唯一《ゆいいつ》、見覚えのあるシャガールの複製画だけは壁に残されていた。

居間に通された。居間とキッチンはカウンターで隔《へだ》てられているだけのフローリングの床だ。

以前は、もっと雑貨類が置かれていたはずだ。洋平が男やもめになってから、部屋中が雑然としているかと思ったら、逆だった。

不要と思ったものはどんどん片付けられて、整頓されてしまっている。

「いつも、こんなにきれいにしておられるんですか？」

そう尋ねずにはいられなかった。由巳が田村洋平のマンションへ訪れることを決めてからは、ここまで室内全体を掃除している時間的余裕はなかったはずだ。

「いや、いつでもというわけではありません。今日はたまたま、きれいな日ということですよ。時間がないので、月に一回は日曜日に大掃除します。普段やらないので、そのときは亜美と二人で一日がかりで徹底的にやるんです。とことんやると、掃除が終わると、汚せない！　と思えるんですねぇ。実はこの前の日曜日が、その日にあたってました。ねぇ、亜美もがんばったよね」

「ウン！」

そのときは、はっきりと亜美もうなずいて言った。

その様子がおかしくって、思わず由巳はくすりと笑ってしまった。

「もう、そんな日は家の中を汚したくないから、外食へ行くんです。掃除でがんばったご褒美《ほうび》も兼ねて」

「ギョーザ、おいしかったね」

そう亜美が応える。少し緊張がほぐれてきたのかと、由巳は嬉しくなった。

「へぇ、偉いなあ。亜美ちゃん、お掃除のお手伝いもするんだ」

そう由巳が声をかけると、亜美は再び声を失ってしまったようで、大きくうなずいただけだった。気を許してくれたわけではないことを思い知った。

気落ちしている場合ではないし、時間を無駄に過ごしているわけにはいかないと、由巳は自分に言い聞かせた。

「じゃあ、早速、夕食の準備に入ります。あちらの台所を使わせて頂いてよろしいですか?」

「あ、それはもちろん。何か手伝いましょうか。あ、それに何がどこにあるとか、わからないでしょう?」

それは全部承知している。しかし、「だいたいどこのキッチンも使い勝手は同じですから。だから、棚や抽《ひ》きだしを開けたりしますけど、そんな無礼はお許し下さい」とだけは一応断った。

「ああ、それは問題ないですよ。自由に台所を使ってもらってかまいません。ぼくは、どこに何があるか探すだけでずいぶん苦労しましたけど、女性は馴れているから他所の台所でもだいたいわかるんですねぇ」

そう洋平は感心する。

「いつもは、田村さんが、料理を作っているんですか?」

「外食と、できあがっているものを何種類かデパ地下やスーパーで買ってきて食べるのと、冷凍食品と、ときおり自分で作ったり。亜美は我慢して食べてくれますが、栄養的にはかなり偏っているんじゃないかと心配になるんですよ」

昼間は仕事をこなし、疲労困憊《こんぱい》して帰宅すれば、ホームキーパーの役割がおろそかになることは仕方ないのだろうと思える。それにしても洋平はちゃんと責任をもってやってくれているのだ、と由巳は感心していた。

「亜美ちゃんは幸せだと思います。そんなふうにパパが、栄養バランスのことまでちゃんと考えてくれているなんて。普通の男の人なら、美味しいことだけに頭がいって、そこまで考える人は少ないんじゃないかなって思います」

「そうですか……」

由巳にそう言われて、洋平は心底嬉しそうだ。

「そうですよ」と由巳はうなずく。それから「今日は、食事の準備ができる間、亜美ちゃんの相手をしてあげて下さい。亜美ちゃんも、それを望んでいるのではありませんか」と提案した。

「ありがとうございます。ぼくが手伝うのも野暮なようだし、ご厚意に甘えます」

「それがいいですよ」

その方が由巳も心おきなく料理に集中できると思えた。

調味料の置かれていた場所が微妙に前とちがっていたが、調理具や食器類の位置は基本的に同じだった。

準備を始め、料理を開始してから、由巳は自分の身体が料理の手順などを記憶していることに驚いていた。一つ一つを頭が覚えていなくても、由巳の身体が裕美の台所での料理手順を再現しようとしているのだ。そのスムーズな流れは、由巳には心地よかった。

炊飯器でご飯を炊く。三人分の量もわかっている。挽き肉にタマネギを混ぜこむ。サラダは、亜美の好物のポテトサラダだ。

気配を感じて振り向くと、亜美の顔が見えた。リビングから首だけキッチンに出して、様子を見ていたのだ。由巳が笑いかけると、あわてて首を引っ込めた。

亜美ってこんなにシャイだったかしら、とあらためて思う。

すると亜美の代わりに、洋平が姿を見せた。

「亜美が、すごくいい匂いがするって言いまして。どうも気になって仕方ないらしいんです。様子を見るだけって行きましたが、あわてて逃げ帰ってきました。なにか邪魔したのなら、勘弁して下さい」

「いいえ、いいんですよ。料理を作るところを見たいのなら、どうぞって伝えて下さい。女の子なら興味があるのかもしれませんね」

亜美にとって、見知らぬ女性である由巳に対しての警戒心と、キッチンで作り出されている料理への興味に挟まれて、心かき乱される状態のようだ。

あまり二人を待たせることなく、由巳は料理を完成させた。二人は、由巳に呼ばれるまでソファでゲームをやっていたのだが、二人の関心は由巳に向けられていることは明白だった。食卓に料理をならべるたびに、二人の視線はちらちらと由巳へと向けられていた。

「お待たせしました。できましたよ」

そう由巳が告げると、二人は待ちかねたように腰をあげた。

テーブルの料理を見て、亜美が「うわぁ」と思わず声をあげた。亜美のハンバーグの上には、大好きな目玉焼きを載せておくという技が使われていたのだ。

手早い家庭料理を提供することに主眼を置いたから、それほど凝《こ》ったメニューにはしなかった。ハンバーグにサラダ。それから豆腐の味噌汁とほうれん草のおひたしだった。ただし、どれもできあいの料理ではなかった。一品ずつ丁寧《ていねい》に作ったものだ。飛びぬけた味つけではないかもしれないが、愛情のこもった仕上がりになっている。

三人で食卓を囲んだ。

ふっと、裕美の記憶が蘇ってくるのを由巳は感じる。裕美は、洋平とこんなふうに食卓を囲んだことがあったろうか。いつも洋平は仕事で帰りが遅かったから、こんな機会は少なかったな、という気がする。

でも、こうして食卓を囲んで悪い気はしない。

「お疲れさまでした。こんなふうに夕食をとることができるなんて、なんだか夢のような気持ちですよ。ありがとうございます。せっかくだから、一杯いきましょう。こんなゆったりした気持ちで晩酌《ばんしゃく》できるなんて、どれだけぶりだろう」

そう言うと、洋平は冷蔵庫からビールを取り出す。

「私も」と亜美が言うと、「おお、ジュースで乾杯だ」と洋平が答えて、ジュースを取り出した。

由巳のコップにビールを注ぎながら、「もう、後片付けのことは考えないで下さい。料理をこさえるのは苦手ですが、片付けることだけは、かなり自信ありますから」と笑わせた。

「じゃ、乾杯」と洋平がコップを持つ。由巳もコップをかまえた。

「亜美は？」と洋平が訊くと、ジュースの入ったコップをそっと持ち上げた。それから三人がコップを合わせて「乾杯」と言う。

そして亜美も洋平も、まずメインのハンバーグに箸を伸ばした。

亜美と洋平はハンバーグを口にしてから、驚いたように顔を見合わせた。由巳は、二人の表情を見て、何か味つけに失敗したのだろうか、と緊張した。

　亜美の目が輝いていた。

「おいしい。とてもおいしい。ママのハンバーグと同じ味」

　そう亜美は言う。由巳は、はっとした。いつも裕美がやる段取りと調理法を、由巳は再現してしまったのだ。ハンバーグのソースもケチャップとウスターソースで作ったが、裕美がいつも作るウスターソースと同じものだった。

　洋平は何も言わずに、ただうなずいていた。それから申し訳なさそうに、由巳に言った。

「すみません。亜美の母親……つまり、亡くなった家内が作っていたハンバーグの味付けと、まるで同じだったので、娘も驚いてしまったみたいです。よほどなつかしかったのでしょう。私もそう思ったくらいですから。いや、美味しいんです。特にこのソースなんて、あの、あまり食べ歩きとかしたことがなくて、よくわからないのですが、けっこう有名な作り方なのですか？」

　いくつかの料理法を参考にはした。しかし、最初にニンニクを炒めておいたり、生姜《しょうが》をすり入れたりと、経験的なカンで裕美が独自のアレンジを加えたものだったかもしれないと思いあたった。

「家庭向けの料理本の中で紹介されていたと思います。有名な作り方かもしれません。でも、この味付けが、私の口にはよく合うものですから。気にいって頂けたのなら嬉しいです。奥様も私の好みと似ていたのかもしれませんね」

そう答えるので精一杯だった。

しかし、その味付けは、亜美に予想外の効果をもたらしたのだ。次に亜美は、サラダに箸を伸ばした。

「これもママの味」

そのとき、由巳を見る亜美の目が明らかに変化したことに気付かされた。亜美は由巳に尊敬の目差《まなざ》しを向けているのだ。

ビールをくいと飲んだ洋平も、サラダに箸をつける。口に入れてしばらくして驚いたような視線を由巳に向けた。

「お世辞じゃなく、美味しい。気分を悪くされたら謝りますが、家内の料理が再現されたみたいで。亜美の言うとおりです」

鼻をぐすっと鳴らして洋平は、そう告げた。由巳がビールを注ぐと、洋平はよほど感激したのか、その一杯を飲み干す。

「お姉さん、料理が上手よ。すごいと思う」

そう亜美に声をかけられて、由巳は驚いた。さっきまで、あれほど由巳に対して距離をとって警戒心を持っていたのに、自分から声をかけてくるなんて。

料理の力はこれほど大きいのか、味覚はどんな言葉さえも易々と超えてしまうのだ。と由巳は感心していた。

「ありがとう。亜美ちゃんに褒《ほ》めてもらうなんて、誰から褒められるよりも嬉しいことだから」

そう答えると、亜美の目が糸のように細くなった。そんなときの笑い顔は、洋平と驚くほど似ている。

「ねぇ、ねぇ。さっき、駅で、お姉さんのお名前を聞いたのに、忘れちゃったけど、ごめんなさい。お姉さんは、名前はなんていうんですか？」

「中野さんっていうんだよ」

横から洋平が言った。

「下の名前は？」

亜美は、そう質問を続けた。

「中野由巳って言うのよ」

由巳がそう答えると、亜美は驚いたようだった。

「ゆみ……ゆみって、ママの名前と一緒なんだ」

由巳はそのとき、どんな反応をしていいものか、少し困惑してしまった。

21

亜美は、本当は由巳に対して興味津々でいたのだろう。だが、それを無理に押し殺してきたから、口も利かずによそよそしい反応に終始していたということだったのか。

そして料理を称讃する言葉がこぼれたのをきっかけに、亜美は堰《せき》を切ったように由巳に質問を始めた。

「料理はどこで覚えたんですか？　誰かに習ったの？」

「ほとんど料理の本を読んで作ったり、ネットでおいしそうなレシピを探し出したら、作ってみたりしたわ」

「お姉さんは、うちのキッチンで、もっと他にも作れる料理はあるんですか？」

「ここでなら、どんなお料理だって作れるような気がする。亜美ちゃんの好きな食べものを教えてもらえたら、うまくできるかどうかわからないけど、作ってみるわよ」

心底、嬉しかったのだろう。亜美はその返事を聞いて、由巳と自分の父親の顔を交互に見た。

「だったら、私も、お姉さんの横でお料理の手伝いをすることはできるかしら。私もエプロンをつけて」

亜美の大人びた物言いに、由巳は耳を疑った。それだけ亜美は裕美の知っている亜美よりも成長したということなのだろう。しばらく母親のいない空白の時間を体験したからこそ、こんなことを思いつくのではないか。可哀想に、と由巳は思う。

「それは、かまわないけれど」

「やったあ。私もお料理の作りかたを覚えることができる。教えてもらえる」

そんな亜美の肩を優しく叩きながら、洋平が笑顔を浮かべる。

「いいんですか？　亜美は喜んで、すっかりその気になっている。しばらくは頭から離れないだろうなあ。次は中野さんがいつ来るか、訊かれるだろうな」

「ええ、いいですよ。それで、亜美ちゃんが喜んでくれるのなら」

そう口にして、少し後悔した。洋平や亜美たちと、もう少し距離感をもって接するべきではないのか。このまま亜美が由巳になつき始める。そして、洋平も由巳との生活を本気で願い始める。そんな流れが心の中で一瞬組み立てられた。

それでいいのか？　田村裕美が存在しなくなった世界で、中野由巳が裕美の生活を引き継ぐことになってしまって……。

だが、一度言い放ってしまった言葉は回収できない。

「ええっ。じゃあ、亜美に期待させていいんですか。私としては嬉しい限りだけれど」

すかさず洋平は、そう確認してきた。

「しょっちゅうというわけにはいかないかもしれません。私も仕事がありますし、オフの時間帯にやらなくてはならないこと、やりたいこともありますから。でも、時間を見つけることはできますから、そんなときにお料理を作りにうかがおうかと思います。新しいお料理を覚えたときとか、誰かに食べてもらいたくなることがあるんですよ。そんなときには、実験台になってもらえますか」

最後は少し冗談っぽく告げた。その答えでも充分に洋平は満足したようで、何度もうなずいた。

「せっかくだから、これ、開けましょう」

洋平は、保冷庫からワインのボトルを取り出してきた。由巳と飲もうと準備していたらしい。由巳はワインは好きだが、その種類や価値はよくわからない。前回、イタリアン・レストランで食事したときに、二人で白ワインを一本飲んでしまった。だから、ワインであれば由巳は喜んでくれるに違いない、と洋平は考えたらしい。

「今日は赤ワインにしました」と洋平は言った。「一人では、なかなかワインを開ける勇気が出ないんですよ。ボトル半分だけ飲み残したら、味が落ちるんじゃないか、と心配なので。貧乏性なんでしょうかね。こんな日なら、二人で一本だから、心おきなく開けられる」

これ以上飲んだら、また酔ってしまいそうかなとも由巳は思ったが、断ったら洋平の楽しみを奪ってしまうことにもなりそうだ。ワインを勧める口実だとしたら、なかなかうまいと感心もした。

「わかりました。おつきあいさせて頂きます。ワインのことはよくわかりませんが、高いんではありませんか」

「心配しないで下さい。高いワインなら、美味しくてあたりまえ。安くて美味しいワインを探すのが好きなんです。これはチリのワインですけれど、なかなかいいですよ」

洋平が自慢したとおり、その赤ワインは喉ごしもよく、飲みやすかった。「コノスル」という名を、由巳はしっかりと記憶した。次に料理を作りに訪問するときの手土産に、探してみてもいいと思ったからだ。

「ほんと、美味しいです」

「でしょう。実は、このワインだけは飲み残しておいても、翌日も味がよくなってるんですよ。不思議なことに」

そう真実をポロリと漏らしてしまう洋平に、由巳は少し呆れる。そうであれば、由巳がいなくても、一人で飲める量だけ飲めばいいということではないか。しかし、話し相手がいる方が、ワインを美味しく飲めるということなのだろう。一緒に飲みたくない相手であれば、あえてグラスを勧めることもないわけだし。

ゆっくりとした夕食が終わった。

亜美はソファに座ってテレビのアニメ番組に没頭していたが、気がつくと、突っ伏して寝息をたてていた。

このままだと風邪をひいてしまうのではないか、と由巳は心配した。

「いいんですか、身体が冷えないように何かかけてあげなくて」

洋平は、「あっ、そうですね」と立ち上がり、タオルケットを亜美にかけてやった。

それから再び食卓に戻ってきて、由巳のグラスにワインを注いだ。

由巳が壁の時計を見ると、針は九時をまわろうとしていた。

どう話を切り出したものか、由巳は迷っていた。しかし、この話をすることこそが、今日、洋平のところへ訪れた最大の理由なのだ。

下手に小細工をするべきではないと思った。尋ねるべきことを尋ねる。

「田村さん、お伺いしたいことがあるのですが」

いい気分になっていた洋平は、そう由巳に言われてちょっと驚いたような目をした。数度まばたきをしてから背筋を伸ばした。

「なんでしょう?」

そう訊きかえす。由巳の訊きかたが、よほどよそよそしかったのかもしれない。

「よろしいですか」

「ええ。私にわかることは何でも話します。中野さんにならら、すべてお話しできますから」

「ありがとうございます。じゃあ、教えて頂けますか。前の奥さまのことですけれど」

その質問は、洋平の予想の範囲内だったようだ。さきほども亜美から、ママのハンバーグの味、という話題で盛り上がったばかりだったのだし。

「ええ。郁子……有沼郁子さんから聞かれたのですね。どのようなことから、お話しすれば、いいですかね。どんな女性だったか、とか? あ、ちなみに死別なんです。隣りの部屋に仏壇が置いてあります。小さなものですが」

洋平は、後ろのドアを手で示した。そこは以前、本棚が主に置かれていた部屋だ。

「ご覧になりますか」と言って、洋平は立ち上がった。それを拒む理由は由巳にはなかった。

以前は、田村家には仏壇など存在しなかった。それが、今はある。田村裕美がいなくなってから。

洋平がドアを開けた。

本棚がある。だが、壁の一面だけが印象が違っていた。その壁の前だけは、本棚がない。代わりに机が一つ置かれていた。机の上には金の刺繡《ししゅう》の入った紫色の敷物が置かれている。位牌《いはい》と香炉、そして裕美の遺影が置かれていた。一輪挿しの花瓶には黄色い造花が一本だけ入れられている。正式な仏壇とは言えないかもしれないが、それらしくはある。埃一つなく、きれいにされているのは、洋平が掃除を欠かさないということだろう。

裕美の写真を、由巳はじっと見た。裕美は笑顔だが、少しピントがはずれている印象があった。亜美と一緒に保育園の行事で写されたものではないか。その写真の、裕美の顔だけを拡大したものだろう。

写真、香炉の前には、数珠《じゅず》が置かれていた。

「家内の裕美です。二年前に亡くなりました」

そう洋平は、感情を押し殺して言った。それでも語尾が掠れそうになっていた。

由巳は、その仏壇の前に立ち、一度深く頭を下げてから両掌を合わせた。

奇妙な感覚だった。二年前の田村裕美と心が繋がっているというのに、その位牌に手を合わせるというのは。

仏壇を離れて由巳は、洋平に頭を下げて「ありがとうございました」と言った。洋平も深々と頭を下げて、それに応えた。洋平も神妙な表情で「こちらこそ、ありがとうございます」と呟くような小さな声で言った。

食卓に戻って、由巳は再び椅子に腰を下ろした。洋平に視線を移すと、完全にほろ酔いから醒めきってしまったようだった。

「ご病気だったのですか？　まだ、お若いのに……」

由巳は、そう尋ねた。

「郁子からは、有沼さんからは……何も聞かれなかったのですか。そのときの状況とかについて」

「ええ。奥さまを二年前に亡くされたとは聞きましたが、それ以上の詳しいことは知らないのだと言ってました。それで、余計なおせっかいとはわかっていたのですが、残されたお子さんの亜美ちゃんのことが何だかとても気になってしまって。だから、後先考えずに保育園を訪ねてしまったんです」

ああ……それで、という納得の表情を浮かべて、洋平は数回うなずいた。

山根税理士事務所に尋ねてもくわしいことは教えてもらえなかった。有沼郁子に再度問い合わせることも考えないではなかったが、死の真相という重大な情報であれば、夫であった田村洋平から聞き出すことが一番確実だと思う。しかし、今の様子からも、このことは洋平にとっても思い出したくない厭《いや》な過去であることはうかがい知れた。

「病気じゃないんです。病気が徐々に進行していくというのであれば、心の準備の時間も持てたかもしれない。しかし、あんな形で、家内と……思いもよらなかった……」

洋平は、声を上擦らせた。感極まったようだ。

「まだ、事件は解決していません。犯人もまだ……」

洋平が口にした〝事件〟と〝犯人〟という言葉に、由巳は一瞬、身体が強張《こわば》った。誰かに〝殺された〟という予感が、田村裕美の死を知ったときから、ずっと付きまとっていたことを由巳は思い返す。

やはり、その予感ははずれていなかったのか……。

「二年前の六月二日。木曜日です。仕事をしていた私に、警察から連絡がありました。家内が病院に運ばれたと。けがをしているからと知らされ、病院名を告げられた。あわてて駆けつけたときは、すでに手遅れでした。通行人が倒れていた家内を見つけて、救急車を呼んでくれたそうです」

その話しぶりは、洋平ができるだけ客観的に事実を述べようとしていることが感じられた。

その日は月初で、パートで働いている山根税理士事務所は休んでいたそうだ。日頃、溜まっていた家事を、その日に一気に片付けてしまうつもりだったらしい。そのことが結果的に仇《あだ》になったのではないかと、洋平は思っていた。

「通行人に見つけられたって……。犯人は捕まっていないって……。誰かに殺されたということですか?」

それは、由巳がぜひ確認したかったことだ。そして裕美はどのような状態で通行人に発見されたのか。通行人は、犯人を目撃したのだろうか。

洋平は、しまったというように眉をひそめた。

「すみません。口が滑《すべ》りました。実は、事故だったのか、あるいは犯人がいて、家内は殺されたのか、何とも言えないのです。でも、私は、あんな形で家内が事故に遭ったとは考えにくいのです。事故だったにしても、助かったかもしれないのに。

家内は、このマンションの一階の入口あたりで頭から血を流して倒れていたそうです。そのまま病院へ救急車で運ばれました。しかし、そのときはすでに手遅れだったということです……」

22

会話がしばらく途切れた。裕美の死という現実をはっきり突き付けられて、由巳自身もショックを受けていた。

洋平は、涙が溢《あふ》れそうになる。抑えきれないのだ。由巳は、洋平に声をかけなければと思うが、今は洋平の落ち着くタイミングを辛抱強く待つことも必要かと思う。

口が滑ったというのは、今でも洋平が妻の死因に関してはそのような考えを持ち続けているということだろう。

やっと感情の迸《ほとばし》りがおさまったのだろう、洋平が口を開いた。今までよりも声が低く、ゆっくりとした口調だ。

「警察の話では、ちょうどうちの部屋を出た階段のあたりから、真下に転落したらしい。そのとき、頭を強く打って、頭蓋骨陥没状態ということでした。

考えられないでしょう。何故そんな場所から落ちなければならなかったのか。毎日、歩いていた場所なんです。それに、五階や六階というわけではないんです。たかが三階です。足から落ちていれば、うまくいけば助かっていたかもしれない。足の骨を折るくらいで。

それが、頭から落ちてコンクリートの地面に激突したなんて。

結果的に、家内が死に至った真実は未だにわからずじまいなのです。警察は、事故として調査を進めていました。第三者の目撃がなかったことや、争った形跡が見当たらなかったことなどを聞かされました。あるいは、家内が、何かを取ろうとして誤って転落したのではないか、とも言っていました。

そんな危険を冒してまで階段から身を乗り出して取り戻さなければならないものなんて、考えつきません。それに、家内は慎重な性格だったと思います。たぶん家内はそんな行動はとらないと思います」

そう聞かされると、確かに由巳も、そうだと思う。由巳が感じている、もう一つの世界の裕美は、そんな大胆なことをやりそうな女性とは思えない。

「それから、警察には家内の精神状態について何度も尋ねられました。ストレスは溜まっていなかったかとか、夫婦間はうまくいっていたかとか。正直、そんなことを尋ねられたときには、私が胸を刺されたような気持ちにさせられたものです」

「それは、奥さんが自殺したのではないか、ということですか？」

「そうです。遺書とかは残さなくても、人はそのときの精神状態によって、発作的に自死行為に至ることがあるというのです。そのときの精神状態が、それにあたるのではないか、と。

たしかに、そのときまでの自分は、いい夫ではなかったかもしれない。仕事優先で、家庭のことはすべて家内にまかせっぱなしでした。帰宅時間だって遅く、ばらばらだったし、反省すべき点は多いと思う。毎日を、おもしろおかしく過ごすようなわけではなかったから。でも、家庭をちゃんと守っていかなくちゃならない、亜美を立派に育てなくちゃならない、そんな想いは、家内にはちゃんと伝わっていたと思うんです。

それに、警察にそんなことを訊かれなくても、私には家内の精神状態なんてわかりますよ。あの日の朝のことは、ちゃんと覚えてます。最後の日になってしまったから、記憶に残っているんです。いや、私自身も、何度も家内との会話を反芻《はんすう》しているんです。それを何度、確認したことか……。いちばん再確認を繰り返したのは警察なんかじゃない。私自身なんですよ。そうすると、最終的にはなにもかもがわからなくなる。するとと、自然とこう思ってしまうんです。妻は、少なくとも誰かに突き落とされたんじゃないかって。そう思うと、すべてがしっくりする気がするんです。でも、今度は犯人は誰なんだろうという、答えの見つからない無限ループに入ってしまう」

この洋平の思いが、さっきの「殺された」という発言につながったのだ。そのとき由巳は、洋平が覚えていると言った「その日の朝の会話」について、知りたいと思った。

どんな会話を交わしたのか、どんな様子だったのかを尋ねれば、それは洋平の古傷の瘡《かさ》蓋《ぶた》をはがすようなものにちがいない。

しかし、尋ねないわけにはいかない。裕美の災厄を防ぎたい、逃れさせたいと思うのであれば、できるだけくわしく、知りえる情報はすべて備えている必要があるのだから。

「あの……」と由巳は言う。

「はい」と洋平は顔を上げた。

「その日の朝の奥さまとの会話ですけれど、もし差し支えなければ教えて頂けませんか」

「え？」

洋平は虚を突かれたような表情を浮かべた。何故そんなことを知りたいのか、と思っているのだろう。

「いえ。先入観のない私が、田村さんと奥さまのやりとりを聞けば、ひょっとして新しい発見があるかもしれないと、ふと思ったからです。田村さんは、何度も繰り返してその日の朝からのことを思いだそうとしたはずです。だから、思考の流れも定形化している可能性があると思うんです。そうであれば、毎回、同じ結論の繰り返しかもしれない。だから、教えて頂けませんか」

「そんなものでしょうか。中野さんが聞いても、面白くもなんともないだろうと思えるのですが。いいですか」

由巳は「ええ」とうなずいた。「偉そうには言いましたが、話を聞かせて頂いても、何の役にも立たないかもしれません。そのときは許して下さい」

あわてて洋平は首を横に振る。

「いえ。そんなことはありません。中野さんのその気持ちが嬉しい」

洋平は椅子に深く腰を下ろし、できるだけ考えを集中させるかのように、視線を宙空に向けた。

洋平は、今、二年前の記憶の倉庫を探っているのだろう。六月二日、木曜日の朝の裕美とのやりとりを。

「いつもと……同じ朝だったんですよ。毎日が同じことの繰り返し。その日も同じで特別に変わったことは何もなかった。だけど、予想もしないできごとが起こる日の朝というのも、いつもと変わりばえせずに始まるものだということを知りましたよ。

あの朝は、体を揺すられて目を覚ましました。いつもそうだったんですよ。朝の七時で、テレビではニュースをやっていました。しばらくぼんやりしていたのは、朝が苦手なせいだからです。テレビの画面の時刻で自分が十分近くぼんやりしていたことに気付き、あわてて飛び起きました」

由巳は黙って洋平の話を聞く。裕美の記憶のかけらのせいなのか、その光景がなんだか目の前に浮かぶような気がする。

飛び起きた洋平は、いつもおはようも言わずに洗面所に飛びこむ。

「食事しているときに気がついたのですが、いつもなら家内は勤務先の税理士事務所に行くためにスーツを着ているのですが、そのときはトレーナーにジーンズだったんです。で、どうしたんだ、今日は？　いつもと雰囲気がちがうけどって、そう声をかけました。

するとと、第一木曜日は、休みをもらうことになっている、そんな返事だったかな。それまでもずっとそうだったらしいのですが、私が気がつかなかったということなんでしょうね。

じゃあ、今日は、亜美も休ませるの？　と問うと、亜美はいつも通りに保育園よ、と返事がありました。家事がすごく溜まっていて、午前中に方々への払いこみやら手続きやらすませて、といろいろ言っていたのですが、私はあまり真剣に聞いていなかった。テレビのニュースに注意を奪われてしまいましたから。たしか飛行機事故のニュースが流れていて。だから、家内が午後、何をするかという話のところまでは記憶していない……いや、聞いていないというのが正直なところです。

ただ、じゃあ、休みだったら、何かうまいものを夕食に出してくれるんだ、と答えました。すると家内は、こう言いました。あら、早く帰ってこれるのなら、本当になにか腕によりをかけてこさえようかしら、ってね。そのとき、一瞬だけれど、本当に早く帰ってこようと思ったんですよね。うまく段取りをつければ、早く帰ることができる、と。

その日は、急いで処理しなければならない仕事は入っていなかった。それまで数日間は、接待やら事務処理やらが続いて、疲れが溜まりに溜まっていたことを覚えていますよ。だから、早く帰ってこようかなぁ……とは漏らしたんです。そしたら家内は、ホント？　って目を輝かせたような気がしました」

洋平は、そのときは由巳に顔を向けず、少し俯き加減に床を眺めながら話していた。口調も由巳に話すというよりも、自分自身に言い聞かせているようだ。そんな記憶の反芻を、洋平は何度繰り返してきたことだろう、と由巳は思う。本当に洋平は裕美を愛していたのだろうな、と実感していた。

一方、裕美の方は、自分に対する洋平の気持ちはあまり感じていなかったのかもしれない。洋平もマンネリの日常では、愛情の表現もおろそかになっていたのだろう。だが、愛情がなくなっていたということではないのだ。

人は、失ってから初めて、失ったものの価値を知ることがある。悲劇の後、洋平は裕美の大切さを実感したのだろう。それが話す口調で伝わってきた。

由巳は、洋平の話の流れを止めてはいけないと、相槌さえも打たない。

「で、タイミング的には午後三時頃には、その気になれば帰宅できるチャンスがあったんですよ。私が残業続きでぎりぎりの状態で仕事をやっていたのを、同僚も上司も案じてくれていましたからね。手が空いたときは休むことも仕事だぞ、そう言ってくれたんですよ。あのとき、帰っていれば……と思うと」

洋平はそう言うと、声を詰まらせた。

「何故、そのとき帰らなかったのですか？」

ようやく由巳が言葉を挟んだ。それは、由巳が感じた素直な疑問だった。

「自分の性格的なものですよ。強がってしまう部分がある、ということですかね。休んだらどうだと言われると、ヘソ曲がりにも、休まなくても大丈夫だと考えて、急ぎでもない仕事を続けている自分がいる。そんなときだった。警察から連絡をもらったのは」

由巳はなるほどと思う。そうであれば、けっして拭い去れない後悔を、より深く洋平は心に刻みこんでいることだろう。

「朝、奥さまと交わした会話は、それだけですか？」

由巳は念のために問い返した。朝の会話の再現は中断しているのだから。

「あ、ああ」と洋平は顔を由巳に向けた。「それで、いずれにしても今日は早く帰れると伝えました。こちらもいい加減疲れているからって。遅くなるようなことがあれば、電話で知らせるけれど、今日ばかりは勘弁してもらうつもりだからと。

そう伝えたなあ。すると、家内は、わかった、そのつもりで夕食は考えておく、そう言ってました。そのとき私は、また視線をテレビ画面に戻していたから、家内がどんな表情でそう言っていたかはわからないんですよ、情けないことに。それから、いってきます、と家を出た。あのときは、家内は……風呂場にいたのかな。洗濯を始めようとしていたんだと思います。

いってらっしゃい。そう家内の声を、靴を履きながら聞きました。それが家内の声を聞いた最後。いつも通りの一日のスタートだったんです。何も変わったことはない。

何度も何度も繰り返して思いだすと、これが本当の記憶なんだろうかと考えてしまうこともありますよ。繰り返して思いだすうちに、自分に都合のいい記憶に少しずつ書きかえていっているのではなかろうかとか。真実は別にあるはずだ、気がついていない、見逃している予兆があったはずだ、とか」

それが、洋平の記憶にある田村裕美の最後の日の朝ということだ。

沈黙が戻った。

洋平は由巳を見ていた。そして「何か、気がつかれたこと、ありますか?」と尋ねる。

正直、由巳には何もわからない。矛盾点も見当たらない。

「すみません。つらい話をさせてしまって。やはり、お役には立たなかったようです」

そう答えるしかなかった。

洋平は大きく首を横に振った。

「いや。私の話を聞いただけで、すぐに何かの糸口を見つけるなんて、だれだって難しいと思いますよ。でも、これで中野さんにはすべてお話ししたことになる。中野さんに隠していることは何もない。それだけで、ほっとした気分なんですよ。中野さんが、私が気がつかないことを発見してくれるならば、それはありがたいことですが、そうでなくても、かまわない。それで死んだ家内が帰ってくるわけじゃないのですから。

最近よく思うのです。私も亜美も、そろそろ新しい生きかたを模索するべきじゃないのかなあって」

さっき迷っていた洋平と保つべき距離感が急速に縮んでいくのを、由巳は感じる。

洋平が黙った。そして由巳の目を凝視《みつ》める。

洋平が由巳を求めていることが、はっきりわかる。しかし、自分がここにいるのは田村裕美のことを詳しく知るためなのだ、と由巳は自分自身に言いきかせた。

「あらっ」少しおどけた調子で左腕の時計を見ながら、由巳は大きな声で言う。「話を聞いていたら、こんな時間になってる。すみません」と立ち上がった。

それからテーブルの上の食器類を片付け始める。

そこで洋平が「あっ、気をつかわないで下さい」と腰を浮かした。洋平は完全に気を削がれてしまったらしい。

「いえ。田村さんにこのままかせて帰るなんて出来ません。女性としての自分も許せなくなります。台所をきれいにするまでが、台所仕事ですから」

そう由巳は答えた。そう誤魔化したものの、由巳は洋平に対して、申し訳ない気持ちがある。

「あの……」

食器を流しに運ぼうとする由巳に、洋平がおずおずと声をかけた。

「はい」と由巳は動きを止めた。

洋平が思いつめたような表情を浮かべて言った。

「今日は本当にありがとうございました。亜美もあんなに喜んで。本当によかったな、と思うんです。で、これからなんですが。勝手なことを言い出すと思わないで下さい。あの……あの……。結婚を前提にしたおつきあいを考えて頂けないでしょうか？　私も、生活を切り替えるべきかと考えています。どうでしょうか？　あんな話の後で、突然、こんなことを言いだして、気分を悪くされたら、すみませんが」

由巳は、動きを止めていた。心の中では、いくつもの可能性を考えている。

——まず、今の私は田村裕美さんを守ることを優先させるべきだ。そのために、田村家を訪ねたのだから。

しかし……。

もしも、田村裕美さんの身に起こる悲劇が防げないとしたら。

そのときは、洋平と結婚してもいいのではないのか。それは中野由巳の人生なのだから。

そんなことを考えていた。

「どうしたのですか？　中野さん」

洋平に声をかけられて、由巳は、はっと我に戻った。

「すみません。急に言われて驚いてしまって。ちょっと……自分の気持ちを整理しないと」

そう言うのが、由巳は精一杯だった。

23

その朝は、田村裕美だった。目覚ましの音で、瞬時にわかった。

そのときは、眠気が完全にぬけていたわけではない。やはり心配ごとが、大きく心を支配しているせいだろう。

眠りは浅かった。だから、夜中に何度となく目を覚ました。沈みこんだ眠りがしだいに浅くなる。たゆたうような感覚があり、そして眠りに入ろうとする瞬間に突き上げるような感覚で意識が戻った。

そのとき、無意識のうちに確認している自分がいる。

今の自分は、中野由巳なのか？　あるいは、田村裕美なのか？

うっすらと目を開くことはしない。そんなことをすれば、次に眠りに入るのに大きな手間をかけてしまう。

しかし、途中までは、中野由巳として目が覚めていた。田村洋平の家から帰宅した中野由巳だ。目を開かなくても、わかる。翌朝も中野由巳として目覚めるのだろうか、とぼんやり思っていた。

三度目に目が覚めたとき、朝までこのまま眠りに入れず、睡眠不足になってしまうのではないかと案じていた。だが、それは杞憂《きゆう》に終わった。

ある瞬間に、ふっと深いところに引き込まれ熟睡してしまったのだ。

それまで、いつ田村裕美から中野由巳に、中野由巳から田村裕美に、意識の〝チェンジ〟が行われるのか疑問に感じていた。何かの境界があるはずなのだが、と。だが、それがどのタイミングか、わからない。

熟睡した時間が、それほど長かったとは思わない。だが、目覚ましの音で、田村裕美であることを知った。

生きている……と心の中で呟いた。

起きたと同時に、台所のカレンダーを確認し、胸を撫でおろした。

カレンダーは五月だった。

五月の何日だろう？

わからない。

田村洋平は言っていた。妻が死んだXデイは、六月二日の木曜日だと。

だが、田村裕美としての前日の日付けの記憶もぽっかりと飛んでいる。今が五月の下旬か中旬かもわからないのだ。

まずテレビをつけた。ホタル観察のニュースをやっていた。例年よりホタルの出現が遅かったと告げている。だが、日付けはすぐにはわからない。

もうすぐ「今日のうらない」が放送されるだろう。そこで、今日は何月何日の何曜日という画面が出るはずだ。

しかし、それまで待てる気分ではない。

ドアの新聞受けまで新聞を取りに出た。

新聞を手に取ると、まず日付けを確認した。

思わず新聞を落としそうになった。そんな……と声が出そうだった。

日付けは、六月一日の水曜日。五月のはずではなかったのか。だって、壁のカレンダーは五月になっているではないか。

そのとき、裕美は思いだした。

カレンダーは、月が変わった日の朝に、新しい月にめくることにしていたのだ。

だから、今朝が、カレンダーをめくる日なのだ。

Xデイはもっと先だと思っていた。少しずつ詳細がわかり始め、あと数日もかければ、中野由巳が新しい情報にたどり着けるかもしれないと期待していたというのに。

六月二日、木曜日。自分の寿命が尽きる日は、もう明日に迫っているということではないか。

心臓の鼓動が激しくなるのを感じながら、それでも朝の準備にとりかかった。冷静になれと自分に言い聞かせても、弁当のおかずを詰める箸が小刻みに震えてしまう。

その裕美の右腕を、背後から誰かに握られた。その瞬間、裕美は、全身に電気が流されたように身体を反らせてしまった。

それが洋平の手だとわかって、裕美は大きく息を吐いた。

「どうしたんだ？」と洋平が言った。

「どうしたって……」と、裕美は、まだ驚きを鎮《しず》めることができない。いつもなら裕美が起こしてやらなければ目を覚まさないというのに。まだ七時にもなっていないというのに……。

「なんだか様子がおかしかったから、目が覚めてしまったんだよ。後ろから見ても、脅えているように震えていたから、何か……悪い夢でも見たんじゃないかと思ったんだ。普通、悪夢を見ても、目を覚ませば誰でもそのことはすぐに忘れてしまうのに、今まで引きずっている悪夢なんて、ただごとじゃないぞ。他に何か理由があるのかい？　上熊本の事務所のことか」

洋平は、山根税理士事務所のことを、いつも〝上熊本の事務所〟と呼ぶのだ。

「そんなことはありません」と裕美は答える。

「それなら、いいけれども」

洋平は、裕美の右腕から手を離した。洋平の手が離れると、裕美の手の震えがおさまっていた。

「あの……今日は遅いですか」と裕美は洋平に訊ねる。

何を急に言いだすのだろう、と不思議そうに洋平は眉をひそめた。

「遅いというか……いつもと同じだけれども」

「今日と、明日だけでいいんです。早く帰ってきてもらえませんか」

裕美は、思いきって言った。

すると、洋平は思いだしたように言った。

「あ、今日は係長の厄入りの日だなあ。社の連中で、係長の厄を負担しようということになっている会がある。顔を出さないわけにはいかない。明日は早く帰れると思うんだが。あ、今日も極端に遅くはならない。係長は酒が駄目だから、二次会はないから。一次会でお開きになるから、九時頃かな。うまくいけば、八時半かな」

裕美が予想した通りの答えが、洋平の口から返ってきた。これが、裕美が知っている田村洋平なのだ。中野由巳に見せる洋平の行動とは違う。

「わかりました。明日は早く帰れるんですね」

「あ……ああ。そうか、明日は上熊本の事務所は行かなくていい日だったんだよな」

第一木曜日は、そういう日なのだということを洋平がちゃんと記憶してくれていたのだということが、裕美には少し驚きではあった。

洋平は裕美から離れ、それからはいつも通りの朝の日常へと戻ってしまった。裕美のことにとくだん注意を向けている様子はなかった。

ただ、スーツを着て、もういつでも出かけることができるという時点で、思い出したように洋平は裕美に言った。

「ひょっとしたら、裕美は自分で気がつかないだけで、かなりストレスを抱《かか》えているのかもしれない。そんな場合は、こころを診《み》てくれるクリニックに行ってみるのもいいかもしれない」

「こころを診てくれるって……」

「ああ。ストレスが身体に現れるときは、薬でもなおることもあるらしい」

その表現は、洋平なりにかなり気を遣ってくれたのかもしれない。要は、精神的に病《や》んでいるんじゃないか、と言いたかったのかと裕美は思った。気遣ってくれたという感謝よりも、そんな捉えかたしかしてくれないのかと、なんとも歯痒《はがゆ》い思いだった。

洋平を送りだした後、いつもと変わらぬ日常が待っていた。

翌日の六月二日は運命の日なのだから、事務所に連絡して、今日は休みをとることもできたはずだ。その時間をやり残していること、気がかりなことの整理に使う選択肢もあったはずだった。

しかし、それはやらなかった。

亜美を保育園に送って熊本駅へ向かい、いつもの喫茶店でコーヒーを飲んだ。すると、少しだけ落ち着いて考える状況を取り戻したような気分になれた。

いくつか気がついたことがある。由巳の記憶を、裕美がたどった結果だ。

──洋平は、不幸があった朝の裕美の様子を、確かに由巳に語った。だが、その前日の裕美の様子について話すことは、まったくなかった。いつもとかなり違った様子の妻のこととを話さずにすませることがあるだろうか。不幸の前日が今日なのだ。洋平は、明らかに様子が違った裕美に気付き、腕を摑んだ。こころのクリニックにかかったらいい、とまで言った。

それを忘れているというのだろうか。

いや、忘れるはずがない。当然、由巳にも「そういえば、前日の朝に……」と裕美の変化について付け加えていいはずだ。何度も繰り返し、事件のヒントになることはないかと思いだそうとすれば、その記憶にたどり着いているだろう。その日の朝のことを洋平は言っていたが、その前日のことも心に引っかかるできごとだったに違いないではないか。

しかし、由巳にそのことは話していなかった……。

ということは、……昨夜、中野由巳が洋平から経過を聞いた時点の過去と、それとは違った過去が形成された可能性はないのだろうか。

今、中野由巳が洋平に尋ねれば、「そういえば事件の前日に、こんなことがありました。朝から少し様子がおかしくて……」と語ってくれるのではなかろうか。

いや、はっきりとは言えない。

はっきりとは言えないが、少し裕美の運命を変化させたということではなかろうか。

裕美はコーヒーカップを持ったまま、背筋を伸ばしていた。

——だとすれば、私は、私の運命を少しだけ変えることができたの？

それは、とんでもなく素晴らしいことに思えた。

少しだけ自分の運命の方向を変えたとすれば、その運命の変更を積み重ねれば、もっと大きく運命を変えることができるのではないのか。

そうであってほしい。

そう裕美が願った瞬間、世の中の動きかたが変化したような気がした。

いったい、これはなんだろうか、と思えるほどだった。見えるものは変わらない。あたりの光景は、いつも利用する喫茶店であり、見慣れたものだ。おかしなところはない。ただ、すべてが、ほんの少しだけ輝いているように見える。周囲に座っている客たちも、なんだか違って見える。気のせいかどうかはわからない。いつも、他の客の表情までチェックしていたわけではないから。とにかく座っている人々の表情まで明るく見える。

運命をいい方向に変化させることは可能なのだ、と裕美が確信したばかりに突然に起こった変化なのだ。

だが、変化はそればかりではなかった。もっと裕美が驚愕《きょうがく》するほどの体験も同時発生したのだ。

コーヒーカップをテーブルに置き、裕美が視線を自分の正面に向けたときだった。

身体に浮遊感があった。一瞬、自分は貧血を起こしかけたのではないかと思えたほどだ。目の焦点が合わなくなり、すべてがぼやけて見えてしまう。聞こえていた店内の音楽や騒音がどこかに吸いこまれていくような気がした。かわりに甲高《かんだか》い蟬《せみ》の鳴き声のような連続音が遠くで響き続けていた。

何かが、おかしい。

そのことに気がつき、裕美はあわてて自分を取り戻そうとした。ひょっとして、自分は発作を起こそうとしているのではないか、と。不快感はなくても、普通ではないと思えるのだ。

そして、急速に視界がクリアになっていった。耳の近くで自分の血液が規則的に流れていくような音を聞いた気がした。

その音が消える。さっきまで店内に流れていた音楽も騒音も聞こえない。

裕美がいる場所も違う。だが、見慣れた光景だ。そこがどこか、自分がどこにいるのかは、すぐにわかった。

さっきまでの熊本駅の喫茶店にいるのではない。

今、自分は、タカタ企画のオフィスにいるのだ。

視線を落とす。

机の上の書類などから、自分が座っているのは中野由巳の席なのだということを知る。

裕美は、自分の手を、そして自分の着ている服を確認した。

中野由巳の服だ。

これまで、このような形で田村裕美が中野由巳に変わったことはなかった。

必ず眠りから覚めるときに変化を体験するというルールがあった。だが、何故に今、こんなことが起こるのか。

今日は田村裕美だったはずなのに。

まさしく、これは〝転移〟といえるような事態だ。

しかし、意識のジャンプに戸惑っている余裕はなかった。目の前の電話が鳴り始めたからだ。

周囲を見回したが、社長と専務の姿はない。まだ、朝も早いのだ。

あわてて受話器をとって言った。

「はいっ。おはようございます。お世話になっております。タカタ企画です」

中野由巳は、受話器をとると、そう答えることにしている。なんの躊躇《ちゅうちょ》もなく、そう口をついて出た。

「おはようございます。中野さんですね」

男の声だった。それが誰か、由巳にはすぐにわかった。聞き間違えることはない。田村洋平だった。

「田村です。昨夜はありがとうございました。亜美も朝から、すごく機嫌がよかったんです。〝昨日は楽しかった。お姉さんがまた来てくれればいいのに〟って言ってましたよ」

洋平のお礼の電話だ。今は、洋平の部屋を訪ねた翌日の朝に間違いない、と由巳は思う。

「それはよかったです。亜美ちゃんも本当に素直で明るくて、私も楽しい時間を過ごしました」

「そうですか。それはよかった。……あの……実は」

「はい、なんでしょうか？」

「ほら、昨夜、家内の最後の日の様子を語ってくれとおっしゃるから、話しましたよね。何度も思いだしているから、あれで、すべて語りつくしたと思っていたんですよ」

「はい……」

「ところが……さっき……突然に思いだしたことがあって。何故、こんな大事なことを昨夜まで思いださなかったのかって、自分でも呆れるくらいなんですよ。それで、ずっと気になって気になって。中野さんは、真剣に案じていてくれてたから、電話をせずにはいられなかった。あの……あの前の日のことなんです」

「というと、六月一日のことですね」

「ええ。事件の前日の朝、家内の様子がおかしかった。私が朝起きたときに、全身がガタガタ震えていた。起きるときも何か変な予感があって、私もその日に限って一緒に目が覚めたんです。そのとき、家内は朝食の準備をしていたのですが、明らかに様子が違う。後ろから、家内の腕を握ったら、その驚きようといったら。今、考えると、あのときすでに家内は、それから何かが起こることを予期していたような気がしてならないのです。そのときも、私に早く帰宅できないかと頼んだんです。いつもと様子が違うんで、少し私も変に思って、こころのクリニックに行ってみたら、と勧めたような気がします」

その通りだ。その言い方まで、まだ生々しく、はっきりと覚えている。

「それって……すごく大事なことかもしれません」と由巳は言った。

「そうでしょう。何故、こんな大事なことが思いだせなかったのかなあ」

これを思いだしたとき、中野さんに連絡せずにはいられなかった、と洋平は結んで電話を終えた。

電話が切れた後に、今朝になって洋平が思いだしたのではない、と由巳は思った。今朝まで、そんな事実は存在しなかったのだから、思いだすこともなかったのだ。それは由巳から裕美へ伝わった情報で、やはり過去の事実が変化したことを示しているのだ。

とすれば、過去は変えられるということ？

悲劇を防ぐことはできる？

さらに突然に、変化が起こった。

由巳の視界が、ぼんやりとなっていく。さっきと同じだ。また甲高い蟬の鳴き声のような連続音。そして浮遊感……。

音が戻る。

音楽と騒音。そして全身に重力がかかった感じ。

焦点が合ってまず目に入ったのは、コーヒーカップだった。

裕美は、夢を見たような気持ちであたりを見回した。白昼夢ということなのか……。

24

裕美は、上熊本の山根税理士事務所へと向かう間、喫茶店での不思議な現象について考え続けていた。

あれは現実のできごとだったのか。

タカタ企画にいた感覚が、生々しく残っている。あれは夢や幻覚などではない。洋平からかかってきたときにとった電話の受話器の感触も覚えている。洋平の話を聞いていて鳥肌さえ立ったではないか。受話器を持った左掌に脂汗さえ吹き出させていたではないか。

上熊本駅へ走る車窓の風景を眺めながら、そんな自問を続けていた。

ひょっとしたら体質が変わったのかもしれない、という考えが唐突に浮かび上がった。

最初、朝、起きると田村裕美が中野由巳に替わっていた。それは、田村裕美の危機を防ごうとする無意識の防衛システムだったのかもしれない。しかし徐々に、そして確実に、とり返しのつかない悲劇のXデイは迫ってくる。残された時間も少ない。

それで、裕美の意識下にある防衛システムは、これでは危機から回避できないと判断して、新たな体質を二人に備えさせたのではないのか。

眠りから目覚めるタイミングに限らず、裕美と由巳の間でおたがいに情報が必要になれば、そのときに応じてチェンジできるように。

そうだとすれば、もし、新しい事実を由巳が知りえたとすれば、即刻、裕美の行動に反映できるということだ。

だが……それでも裕美を襲うであろう危機から回避できるという保証が得られたわけではない。

最期の瞬間に、裕美は自分の死の真実を知るだろう。しかし、真実を知ったところで、その情報を伝えられた由巳が、どう対処できるというのだろうか。

間に合うのだろうか。

すべてを知ったときは、手のつくしようがない……そんな最悪のケースもあり得るのかもしれない。そう考えると、まだ電車の冷房が入っているわけでもないというのに、背筋を冷たいものが走り、裕美は震えた。

それから上熊本駅から本妙寺通りの山根税理士事務所へ裕美は向かった。

翌日に生命が尽きると知っている人間が、毎日繰り返し行ってきたことを同じように行おうとしている。

それを考えると、裕美はなんだかおかしかった。人は、その最期の瞬間が近付いたとき、どのような行動をとるのだろうか、と空想したことがある。そのときは、それまで縛られていた日常から解き放たれて、やりたかったことや、やり残したことに挑戦しようとするのではないだろうか……、そんなことを考えてみたこともある。

ところが、現実にそれがいま自分の身に起ころうとしているのに、日頃やっていたことの相変わらずの繰り返しをやっている。事務所を休んで、やってみたいことはないのかと思うが、これをやりたい、ということが思いつかない。

代わりに、明日、自分がいなくなるのなら、あの法人の仮決算まではすませておかなくてはいけないなとか、誰それに頼まれていた試算表も作成してファックスしておこうとか、仕事のことばかり思い浮かんでしまうのだ。

これは、裕美自身の性格からくるのかと納得するしかない。

明日の六月二日は、裕美は休日になっているのだ。休み前のノルマを着実に果たさねばならない。裕美はいつもと同じように仕事をこなしていった。

事務所の人々も、裕美に対して特別な視線を向けてくる者は誰もいない。もちろん、翌日に裕美が事件に巻きこまれてしまうなどと思っている者はいないはずなのだから、当然なのだが。

いつも通りに二時過ぎには、裕美の担当する法人の事務処理は一段落した。

それから後は、スポットで入っている依頼された試算表の作成をした。その途中で一度だけ想定外の出来事があった。

「田村さん。お電話です」

最近入った若い女性社員の永田玲奈が、裕美にそう言った。

「どちらからの電話か、相手さんのお名前を尋ねましたか」と所長が永田玲奈に言った。

永田玲奈はペロッと舌を出し悪びれた様子もなく、「すみませーん。訊き忘れました」と言った。

裕美は、それをたしなめるべきかとも思ったが、電話の相手を待たせないことを優先させ、受話器を取った。

「こんにちは！」と弾む声が聞こえた。それが誰なのか、裕美にはすぐにわかった。

「あ、郁子さん」

有沼郁子が彼女の事務所の領収書の処理のことで連絡をくれるには、数日早いという気がする。何か、突発的な用事ができたのだろうかと裕美は考えた。

「元気そうねぇ。ちょっと話があったのよ」

「私にですか」

「そ、そう。そう」

二年後には、同じ調子で中野由巳の仕事場にも現れ、由巳をランチに誘ったりもするのだと考えると、奇妙な感じがする。

「何か、問題でも？」

「いえ、ちょっと、今日の夕方か明日、そちらの方へ行く用事があるから、裕美さんいるかなと思って。今日の夕方は、時間とれる？」

さすがに、裕美は郁子と話して時間を無駄に費やしたくはないと思った。溜まっていた仕事はすべて済ませておきたいし、今日はできるだけ早く帰宅したい。

「すみません。今日はかなり仕事がたてこんでいるので、お相手できないかもしれません」

「そうかぁ。残念。じゃあ、明日は？」

諦めずに郁子は畳みかけるように訊いてきた。

「明日は、定例の休みを頂く日なので、事務所にはいないんですよ。ごめんなさい」

「そうかぁー」と郁子は残念そうな声をあげた。そんな反応をされると、裕美としても気になってしまう。

「お急ぎのご用ですか？　どうしても急ぐというのであれば、この電話ででも用件はうかがっておきますが」

　こう答えても、郁子に対して礼は失しないはずだと裕美は思った。

　一瞬だけの間があいたが、郁子はより明るく声のトーンを上げた。

「いや、それは気にしないで。やはり電話で話すよりも、ちゃんと顔を見ての方がいいと思うし」

　郁子は用事を先に延ばすつもりのようだ。

「お困りのことでもあるんじゃありませんか」と口にしながらも、郁子さえよければ、裕美はそうしてもらった方が都合がいい。もし、郁子の困りごとや相談ごとを聞いたところで、結局、裕美の心は上の空で、有効な問題の解決法など思いつけるはずがないのだ。

「大丈夫だから。気にしないで。日を改めるわ」

　そう言われて、ほっとした。いかに郁子がさばさばしているか、よくわかる。

　あっさりと「それじゃあ。がんばって」と郁子は電話を切った。

　それから裕美は、仕事にもどる。途中だった試算表を仕上げて、相手先へファックスした。すぐにお礼の電話がかかってきて、「試算表は目を通しました。念のため、オリジナルも郵送して下さい」と言われた。

それで、本妙寺通りの郵便局へと出かけた。その日のうちにやれる用事は、すべて済ませておきたかった。

それを済ませれば、とりあえずはその日にやらなければならないことは終わらせたことになる。だが、翌日に自分に待っていることを考えると、胸の中が重苦しくどんよりとしてしまう。

そこで、足を止めた。

郵便局の前の通りを挟んだ斜め向こうに、バス停がある。民家の前にバスを待つ乗客のためのベンチが置かれていた。

そのベンチに座っている人がいる。

民家の軒が影を落として顔が暗くなっているが、その人物が誰なのか、裕美ははたと思い当たった。

ずんぐりとした小肥りの男。あきらかに裕美のことを見ている。以前のようにハンチングはかぶっておらず、影になっているため三白眼かどうかもわからないが……。

だが、その男が、あのタツノという男だとわかった。

これは、偶然というわけがない。タツノという男は、この場所に、はっきりとした意思をもって現れているのだ。

そして、あの男は、明日、自分に訪れようとしている運命のできごとと、深く関係しているのではないか。いや、もし、裕美が明日の夕方、何者かに襲われて自宅のマンションから突き落とされるのだとすれば、あの男こそが犯人ということではないのか。

裕美は胸が苦しくなった。

その男は、視線をはずさない。じっと裕美を見つめている。

裕美は自然と小走りになり、郵便局に飛びこんだ。椅子に腰を下ろす。胸がどきどきしたままだ。

そして胸にあてた手をはずし、顔を上げたとき、そこは郵便局ではなくなっていた。

タカタ企画にいた。

今、また転移したのだ。今の自分は田村裕美ではない。中野由巳なのだ。

だが、まだ、激しい動悸は続いていた。手にしていたボールペンを落としてしまった。

林専務が驚いた表情で由巳を見ている。

「どうしたの？　貧血？　顔が真っ青だぞ。おまけに脂汗をかいているじゃないか。額を……ハンカチで……」

「大丈夫です」と立ち上がろうとしたが、膝がすくんでいる。

これは、その日、二回目の転移だった。今回の転移にどういう意味があるのかわからない。しかし、わからなくても何らかの意味はあるはずだ。

そうか……と由巳は腑《ふ》に落ちる。——あのタツノという男、やはり裕美の死に関係しているのだ。それを自分の心に刻みこむために転移が起こったのではないか。

「ひょっとして……」と林専務が真剣な顔でそこまで言った瞬間、林専務が消えた。


いや、消えたのではない。また転移が起こったのだ。

目の前に数名の人たちがいる。そう、郵便局のカウンターだった。

自分は仕事先に書類を送るために、郵便局までやってきているのだ……。

右手に持っていた大きめの茶封筒が、ばさりと音をたてて落ちた。局内にいた人々の視線が、いっせいに自分に集中したように思えた。

あわてて茶封筒を拾いあげて周囲を見回す。だが、気のせいだった。誰も、裕美に注意を向けている者はいない。

裕美は、書留の手続きを済ませると、郵便局を出た。

自然と視線がバス停のベンチの方へと移る。

あの男は、まだいるのだろうか。

どんな様子でいるのか。自分を観察しているのか。ベンチの様子はわからなかった。通りの向こうにバスが停まっていたからだ。

そのバスがゆっくり発車する。

裕美は呪文をかけられたかのように、そこに立ちつくした。

バスが去った後のベンチには人影はなかった。

——タツノはどこへ立ち去ったのか。はたまた、タツノは今のバスを待っていたということか。

わからない。

それから裕美は税理士事務所へ帰り着くまでの間でも、タツノを見かけることはなかった。

25

このままでは、自分自身がおかしくなってしまうのではないかという気がした。

裕美から由巳に。そして由巳が裕美に、唐突に切り替わってしまう。

今までならば、一日だけは同じ人格で過ごすことができた。なのに、あるときを境に、脈絡なく二人の人物の間を転移することになってしまった。

その理由はわからない。ただ、わかるのは、田村裕美に残された時間が少ないこと……。田村裕美と中野由巳の心が繋がったという、そもそもの原因も、ひょっとしたら田村裕美が潜在意識下で自分の危機を察知した結果なのかもしれないのだ。そして、助かるための手段が何かないのか、と未来の中野由巳に救いを求めている……。無意識のSOSを発信している……。

しかし、その危機の詳細もはっきりしないまま、裕美はタイムリミットを迎えようとしている。これまでの転移だけでは危機から逃れることはできないと、裕美の潜在意識が判断したのかもしれない。

最初は、危機を逃れる情報のときだけの転移が発生するのかと考えた。しかし、そのような法則性だけではないようだ。

もしかしたら、裕美あるいは由巳の緊張が一定レベル以上に高まると、転移が発生するのではないか……。

さっきまでは、運命の時間に対する正体のわからない不安感が、裕美の中で渦巻いていた。ところが、今は、不安の正体が、少しだけ見えてきたような気もする。

相手は、〝彼〟だ。

裕美をバス停から、じっと見ていた男。

タツノ。

偶然かと最初は思っていた。だが、理由はわからないが、自分の行動範囲でその姿を見かけることが多すぎる。

何か邪悪な目的を持って自分の周囲に出没しているのではないか。

ストーカーと言ったろうか。特定の異性を自分の歪《ゆが》んだ欲望を満たすためだけにつけ狙う存在……。

〝因縁〟という語が、唐突に頭に浮かんだ。

まず中野由巳の前にタツノが現れ、強烈な印象を残したからこそ、田村裕美の周辺に出没するタツノのことを知ることができた。つまり、裕美と由巳の前に共通して現れることが因縁ではないのか。

由巳と裕美の心が繋がったというのは、そのようなことではないのか。

裕美に迫っている危機とは、タツノという人物がもたらすものである……という警告。

由巳の前にも、二度もタツノは現れている。最初は、社長がタカタ企画に連れてきた。

その後も、近くの上通り町界隈で目撃したのは、中野由巳にも危機が訪れるということを意味しているのではないのか。

それも〝因縁〟……。

そこで、裕美は直感した。

いずれ中野由巳も、タツノという男に襲われて犠牲になるのではないのか。そんな〝危機〟の共通点があるから、心が由巳と裕美でリンクしあうとしたら……。

タカタ企画を中心に、中野由巳の周辺でタツノが出没しているのは、やはりタツノが由巳を標的として見定め、根気よく時機を狙っているということなのか。

すると、裕美が迎える真の危機を由巳が知ることで、由巳は自分を襲う同じような危機から身を守る術《すべ》を手に入れることになる。

だが、裕美の方は、どんな防衛策をとっても最悪の運命から逃れることができないということになるのか……。

そこまで考えると、裕美の身体が小刻みに震え出した。

――怖い。寒い。

自分に言いきかせる。落ち着かなくては。自分の妄想が膨張してしまって収拾がつかなくなっている。すべて、仮定を連結させてできあがった可能性ではないか。

いつもの第一木曜であれば、明日は、亜美を保育園に連れていった後、払い込みの手続きに銀行へ行く。それから、家事に集中するのだ……。

「田村さん」

そう呼ばれて、あわてて裕美は顔を上げた。上半身の震えが続いている。

呼んだのは所長だった。じっと裕美を見据えていた。

「は、はいっ」と裕美は答えながら、自分の声が上擦っていることがはっきりとわかった。

「大丈夫ですか。どこか具合が悪いのでは？　私は勘が鈍いほうだが、顔が蒼白になっていますよ」

「そうですか。大丈夫です」

正面の席の同僚と目が合った。所長の言う通りだというように、裕美の顔を見て、何度もうなずく。そして付け加えた。

「貧血じゃないんですか。唇も血の気が失せているから」

「すみません」

裕美は、他にどのような言葉を返していいものやら、思いつかなかった。

「もう、急ぎの分は終わらせたのでしょう？　さっき送ったのなら」と所長が言う。

「とりあえずは」

「じゃあ、今日はもう、あがったほうがいいと思う。自分ではわからないかもしれないが、熱も測ったほうがいい。汗も普通じゃないし」

そう言って所長は、自分の額を人差し指で示した。裕美はつられて手の甲で自分の額に触れた。

所長が言った通りだった。ぬるりとした感触があった。脂汗が粒状になっていたらしい。

「じゃあ、お言葉に甘えさせて頂きます」と言って、机の上を片づけ、裕美は席を立った。

そして更衣室で事務服を着替えると、所長に礼を述べて事務所を出た。そのとき、自分の身体が少しふらついているのがわかった。

本当に発熱しているのかもしれないと思ったが、歩き始めると、そのふらつきもだんだんおさまっていく。

橋を渡って、また例のバス停の前を通ることになる。裕美は緊張した。

だが、タツノの姿はない。

それで、少しだけ心の落ち着きが戻ってきた。

すると、新たな考えかたが湧いた。

裕美の運命の日について由巳が聞いたことの中に、裕美が前日に事務所を早退したという話はあっただろうか。

いや、なかった。

聞いていない。

そんなことを洋平に話していなかったのかもしれないと思う。

周囲に注意をはらいながら裕美は歩く。

横丁の向こう。自動販売機や自動車の物陰。タツノの姿は、もうどこにも見当たらないようだ。

それから、数歩、上熊本駅方向に歩を進めたとき、ある考えが浮かんだ。

洋平が由巳に語ったことから、いくつかわかったこと……。明日、裕美は謎の死を迎えるわけだが、裕美は、その朝、トレーナーにジーンズをはいていた。事務所が休みだったからだ。それから、こう裕美は言っていたという。「家事がすごく溜まっている。午前中に方々への払い込みや手続きを済ませる」と。

裕美は足を止めた。

もしかしたら……。

洋平が語った裕美の行動をすべて引っくり返してしまったら、どうなるのだろう?

今朝の裕美は、最初の洋平の記憶とちがっていた。それが洋平から由巳への電話でわかったことだ。

――過去のできごとが少しずつ変化しはじめている。

もっと変化をいろいろ起こしたら……。未来をもっと大きく変えることができるのではないか。

できるだけ、大きくひっくり返す。

それが自分の運命を変える突破口になるのではないか。

考えよう。思いだそう。

今、この時間にできること……。

裕美は、ハンドバッグの中を確認すると、「よし」と呟いた。

それから、再び歩き始めた。踏切を渡ると、そのまま中九州銀行の上熊本支店へと向かった。

店内へ入る。三時を回っていたので、窓口はすでにシャッターが下りている。ためらうことなくATMへと向かった。

いつもの月であれば、毎月の支払いを第一木曜の朝に、亜美を保育園に送り届けてからすることにしていた。それを今回に限っては一日早めてみる。保育園代、洋平の駐車場代、一ヵ月分のサプリメント代。すべて、バッグの中に請求書も振込用のカードも入っているのだ。数件を振込処理しなければならないから、混んでいる時間帯で後ろに客がならんでいれば、申し訳ない気持ちであせってしまう。

幸運なことに、そのときはＡＴＭ利用客の空白の時間帯だったようで、他に客はいない。すべての送金処理を誰にも気兼ねすることなく、効率的にすませることができた。そして、通帳に記帳をすませる。

思わず「終わった」と声に出していた。これは本来、明日やることなのだ……明日の朝、裕美が洋平に語ることなのだ。

他にやるべきことは何があるだろう？

その日、洋平は、朝に宣言したとおり、九時過ぎには帰宅した。

「二次会を有志でやろうかという話になったんだけど、必死で抜けてきたんだ」と洋平は言った。

それ以上、裕美は、洋平を問いつめることはなかった……。

――問題は、明日なのだ。

そして、裕美は、ある方法を一つ思いついていた。

「あの。私の言うことを聞いてもらえますか」

「ああ。明日は早く帰ってこいという話だったっけ」

「そう。でも、本当に早く帰ってこられる?」

「努力するよ」

「じゃあ、私の言うことをよく聞いて。私の身に大変なことが起こるかもしれないの。だから早く帰ってこないと後悔するわ」

洋平は、そこで眉をひそめた。

「今朝から言うことが、少し変だと思ったけれど。こころのクリニックには行ってみたか?」

裕美は黙って首を横に振る。

「あなたが言うとおり、変かもしれない。でも明日の朝、飛行機事故のニュースを見たら、私の言うことに耳を傾けてほしいの」

「どうしたんだ。裕美……なんか、神憑《かみがか》ってきたぞ。飛行機事故だなんて。もうすでに起こったんじゃないよな。すでにテレビの報道で見ているということはないのか?」

洋平はワイシャツのボタンをはずしかけていたが、その手が止まった。なにか、自分の理解できないことが進行している……。

目の前にいるのは、自分の知っている裕美なのかどうかを確認するように、まじまじと裕美の様子を見つめた。

裕美は、もうひと押ししておかなくては、と自分に言い聞かせて、それを実行した。

「今日、税理士事務所を早退してきたんです」

「やはり体調がよくないのか。山根先生に迷惑をかけたんじゃないのか」

洋平が言うように、所長が裕美に帰宅した方がいいとすすめたときの彼女の状態は、尋常なものではなかったろう。

だが、今の裕美にとって問題なのは、洋平には今日、つまり事件の前日に裕美が事務所を早退したということを心に刻んでおいてほしいということなのだ。由巳に語った洋平の裕美に関する記憶の中では、そんなできごとは存在していなかったからだ。

「いや。仕事もやるべきことをすませてしまっていたから帰れたんです。こんなこと、めったにあることではないけれど」

「ああ。様子が変だったとか、そういうことではないんだね」

「そんなことではありません。た・ま・た・ま・です」

普段は、裕美はそういう話しかたはしない。

洋平は別人を見るような目で言った。

「なんだか、やっぱり、おまえ、変だぞ。……でも、わかったよ、もう今日は、この辺でいいだろ?」

26

その夜、裕美は深い睡眠に入れなかった。

洋平とともに横になり灯を消したのだが、洋平の寝息が聞こえはじめても、眠気が訪れることはなかった。血を流して倒れている自分の姿を何度も想像するが、あくまでも想像であり、どのような経過でそのような結果に至るのかが、まったく欠落しているので、もやもやとした実体のない恐怖だけが裕美を責め続ける。

そして、覚醒したままの想像なのか、夢の一部なのかよくわからない状態がつづいた。

まだ、起きなくていいのだろうか。いま、何時なのか。いまは確かに覚醒している……。いや、いまも含めて夢の中なのか……。

そんな自問自答を繰り返した。そして時間が跳んだような感覚が、ある瞬間訪れる。それが眠っていたという時間なのかもしれない。

まだ目覚まし時計は鳴らないが、カーテンの隙間から白い光を感じた。

朝が訪れたのだ。

のろのろと裕美は身を起こす。ついに最後の日を迎えたのかと思う。頭は覚醒しているつもりなのに、身体がまだ覚めていない気がする。

とりあえず目覚まし時計が鳴らないようにアラームを解除した。

……もし……深い眠りの瞬間があったならば、次の目覚めは、中野由巳としてではなかったろうか……。あと一日、余裕があれば、何かもっと事態が変わったのではないか……とも思う。

どんなふうに事態が変わるというのか。

たとえば、洋平から由巳に新たな連絡が入ってくる可能性と……。

「思いだしたことがあります。あの日の前夜、少し変なことがありました。裕美の態度です。どうも、それまで一度だってなかったことですが、パートの山根税理士事務所を早引けしていたみたいなんですよ」

そんなことが……。

しかし、と裕美は思う。それが、裕美のアクシデントを回避するどのような効果があるというのか。

ほんの少しだけ田村裕美の過去は変更できたかもしれない。だが、裕美が助かっているという報告が届かなければ、意味がないことではないか。

カレンダーの前に立つ。六月一日の上に斜線が引かれていた。昨日が六月一日であったことを確認するように、マークをしたことを思いだした。

六月二日。木曜日。

まちがいなく今日だ。

裕美はすぐにテレビのスイッチを入れた。生活情報を流している。

ガスレンジにケトルをのせて湯を沸かす。

沸くまでの間に、顔を洗った。それからパジャマから服に着替えようと、ジーンズを手にとった。今日は、税理士事務所に行かなくていいのだから、カジュアルな服でかまわない。

そのとき、待てよ、と裕美は思った。

洋平の記憶にあった〝その日の朝〟の裕美のことだ。洋平は確か、由巳にこう言っていた。

「そのときはトレーナーにジーンズだったんです。で、どうしたんだ、今日は？　いつもと雰囲気がちがうけどって、そう声をかけました」

裕美はジーンズをはく手を止めた。今日が休みだということを洋平にはっきりと認識させるには、もうしばらくこのままでもいいはずだ。

パジャマ姿のまま、洋平の弁当を作った。それから、弁当箱の蓋にメモを貼りつけて、ケースに入れた。

七時五分前に、裕美は洋平の肩を揺すった。

「起きてください。もう七時ですよ」

洋平は情けない生返事をするだけで、目を開こうとはしない。

いつものことなのだ。後は、ほうっておけば十分以内に起きてくる。

そのときテレビで、七時のニュースが始まった。

韓国の旅客機が、仁川国際空港で墜落事故を起こしたというニュースだった。腰が抜けそうになり、裕美は立っていられなかった。椅子に腰を下ろす。

事故が起こったのは朝六時。大惨事の様子は世界に伝えられているらしい。遠景で空港が炎上している映像が流れつづける。

「ホントだったんだ」

気がつくと、いつの間にか洋平も起き上がっていた。目を見開き、テレビの画面に吸いよせられている。

「飛行機事故って、昨夜言っていたよな。このことか」

裕美は言葉が出てこない。ゆっくりとうなずくことしかできなかった。

事故は、まだ一時間前に起こったばかりで、原因も被害の全貌も摑めていないということだ。ただ、事故発生の場所が場所だけに、このように現場からの中継を映像で見ることができる。

「まだ……事故が起こってすぐじゃないか……。離陸に失敗したって……いったい何が起こったんだ」

そう口にしながら、裕美に対しての洋平の疑問が、みるみるいくつも増殖したようだった。

「昨日、確かに、裕美は飛行機事故が起こると、ぼくに予言したよな。どうして、事故が起こることがわかったんだ？」

「わからないわ。でも、事故が起こることだけはわかったの」

しばらく洋平は沈黙した。必死で、その意味を理解しようとしているふうだ。

「だから、今日は、私の言うことを聞いて。早く……できるだけ早く家に帰ってきて。大変なことが起こる前に」

洋平はあきらかに動揺していた。

「今日は二日だろう。月末締めに訂正事項がないか、営業としてはチェックを入れておかなくちゃならない。そこまではやっとかなきゃならないんだ。それが終わったら、帰ってくるよ。それでいいだろう」

「何時くらいになるんですか」

「スムーズにいけば、二時頃には作業を終えることができると思う。それからだって問題ないだろう?」

「それで、いいです。お願いします」

裕美がそう答えると、洋平はなんともいえない複雑な表情のまま言った。

「上熊本の事務所には行かないんだね。今もパジャマだということは」

「そう。休みだから」

「亜美は、どうするの?　今日は休ませるの?」

そう言われて、裕美は少し迷った。

洋平が由巳に語ったのは、いつも通り春日しいのみ保育園に預けたということだった。だがもちろん、いま洋平が言ったように、自宅で亜美と一緒にいるという選択肢もある。そうすれば、あきらかに何か運命は変わるだろう。良い方向に転ぶか、悪い方向に転ぶかはわからないが。

しかし、亜美だけは巻き添えにしたくはなかった。そうであれば、やはりいつものように保育園に預けるべきだろう、と思った。

「亜美は、いつも通り保育園に預けます」

「そうか……」と洋平はうなずいたものの、もう一つ腑に落ちない様子でいるようだった。

だが、それ以上質問を続けるには、時間が足りないと判断したらしい。出勤の準備を急ぎはじめた。

裕美は、これでなんとか、自分がいつもと違うということを洋平に認識させたのではないか、と思った。とりあえず精一杯やったと考えるべきだろう……。

だが、会社に出かけて職場に入ってしまったら、家庭のことはきれいさっぱり忘れてしまうかもしれない。裕美が真剣に訴えたことも、帰宅したら言いぶんをゆっくり聞いてやればいいかくらいの気持ちに変化してしまうこともあり得る。

そのために、有効かどうかはわからないが、裕美は一つだけ保険をかけていた。

洋平の弁当箱の蓋に、メモを貼りつけているのだ。

〈私との約束を思いだして下さい。今日だけは特別に早く帰ってきて。できれば午後三時くらいまでに。裕美〉

メモには、そう書いてある。いくら、午前中に職場で忙殺されていても、昼休みにそのメモですべてを思いだしてくれるはずだ。

洋平の出社の時刻がきた。玄関ドアまで、裕美は洋平を見送った。

「いってらっしゃい。約束、忘れないで、思いだしてね」

「あ、ああ。特別な日なんだね。忘れないよ。なんだか緊張してしまうじゃないか」

洋平はいつもであれば、「もうちょい、早く起こしてくれれば」とか、「ああ……急がなきゃ」とかぶつぶつ言いながら振り返りもせずに駆け出していくのだが、その日は、ドアを出たところで一度立ち止まって裕美を振り返った。それから「行ってきます」と言って出かけていった。

洋平の姿が見えなくなったが、そのまましばらく裕美はその場に立ちつくした。自分は洋平に対してやれることはすべてやった。あとは、その効果だ。洋平は異変をちゃんと受けとめて、裕美のために動いてくれるかどうかなのだが。

わからない。

あとは、何をどうしたらいいのだろう。裕美は途方に暮れる思いだった。

そして亜美を保育園へ送り届ける間、裕美は夕方に待ちうけている〝危機〟の恐怖と闘っていた。考えまいとすればするほど、恐怖感は増大していく。

亜美の手を引いて、保育園に送り届けるとき、亜美が思いがけないことを言った。

「ママ、変。手がいつもと違う。ぬるぬるするよ」

娘に指摘されてはじめて、手に汗をかくほどに自分が緊張していることに、裕美は気づいた。

「そうだね。今朝は、いつもよりちょっと暑くて、汗をかいてしまったみたいだね」と裕美は誤魔化した。それに対して亜美は何も言わなかったが、口を尖らせている様子から、その説明に納得していないことがわかる。幼な心にも、正体のわからない異変を嗅ぎとっているのだろうか。

保育園に着いて、担任の棚田るみ先生に亜美を託す前に、もう一度、亜美の顔をしっかりと見た。本当は亜美を抱きしめたかったが、保育園でいつもやることではない。かえって亜美を不安に陥らせる気がして、それはやめた。

だが、ひょっとしてこれが自分の娘を見る最後かもしれないという考えが脳裏を走り、涙がこぼれそうになる。

「さ、行ってらっしゃい」といつも通りを装った。

亜美を預けて門を出るときに、裕美はもう一度、園内を振り返った。

亜美も棚田先生に手をひかれたまま、裕美を見ていた。

偶然だったのか、あるいは亜美がたまたま何かを感じとったのかはわからない。裕美と視線がぴたりと合ったのがわかった。

そのまま立ち去るわけにはいかず、裕美は大きく手を振った。すると、すぐに亜美の姿は建物の陰に隠れて見えなくなった。

それから、どう過ごすかは、まだ考えがまとまっていなかった。

ぼんやりと考えていることは、いくつかある。

とりあえず裕美は、いつもの行動をとった。電車通りに出て、そのまま熊本駅に向かって歩いた。

なんだか、そのときは半ば放心してしまった気分でいた。亜美も預けてしまったし、今日は勤めのために急ぐ必要もないからだ。

駅に着き、駅ビルの二階の喫茶店で、いつものようにコーヒーを頼んだ。

同じ時間帯で同じ喫茶店に入ると、席に座っている客の半分は、見知った顔だ。そして、裕美がいつも利用する席は空《あ》いていた。

コーヒーを一口啜るまで、何も考えが浮かばなかった。

「さあ……」とひとりごとが思わず漏れた。「さあ、どうしよう」と言いたかったのだな、と気づく。

今日一日、どこかに行ってしまおうか。そんな考えがまず浮かんだ。

それですべてが解決できるのではないのか。

自分は、自宅のマンションの一階で倒れているのが発見されたということなのだ。つまり、まる一日、自宅のマンション周辺にいさえしなければ、物理的にマンションの一階で倒れていることは不可能なはずだ。このまま自宅に近付かなければいい。このまま電車に乗りこんでしまって、問題の時刻が過ぎるまで遠いところに潜んでいるというのは、どうだろう？

そうすれば、これから起こるはずの裕美の運命を変えることができるのではないか。このまま立ち上がって、一階へ下りていき、日帰りできそうな一番遠い駅のチケットを買ってみる。そして、海が見えるところまで走る鈍行列車に乗りこむ……。

いつもはやらないことをやってみる。いつもせかせかした生活を送ってきた自分へのご褒美の時間とでもいうふうに。

そう考えたらどうだろう？　そうすれば、少しは、この胃袋に石ころが詰まったような気分から逃れられるのではないか。それが功を奏するかどうかは、わからないが。

そこで裕美は、しまったと思った。

思いつきの遠出を実現することはできない。

洋平には、あれほど午後には必ず帰宅するようにと頼んでしまったのだ。

洋平が、裕美のことを心配して帰宅してくれるかもしれない……。

そんな洋平を無視して、遠出するわけにはいかないのではないか。

じゃあ、洋平に、今から連絡してみようか。しかし、仕事中に連絡しないように、と洋平からは釘を刺されている。「どうでもいいことで、仕事中に電話しないでくれよ」と。

いや、どうでもいいことではない。自分の生命にかかわることなのだ。しかし、洋平はそのように理解してくれただろうか。

裕美は、バッグから取りだした携帯電話を手の中で開いたまま、しばらく眺めていた。しかし、それを閉じて、再びバッグの中に収める。

――やはり、まずいわ。洋平を信頼するべきだと思う。もし洋平がなんとか都合をつけて帰ってきてくれたら……。

27

裕美は思い迷い、すぐには結論を出せなかった。一度は改札口近くの切符売り場の前までは、行ってみたのだ。だが、心の整理がつかないままだった。

さまざまな想いが去来した。

少しずつ運命を変えることに成功しているのかもしれない、とも思える。中野由巳から得た情報で、洋平に自分の気持ちをより強く主張してみた。裕美が死んでいるという事実は、未来では変わっていないが、洋平が〝新たに思いだしたこと〟として、裕美が主張した行動が報告されている。

これは、自分の運命を自分で変えつつあると捉えていいのだろうか。そうであるなら、これからの裕美の行動次第では、もっと大きく運命を変えることができる。

だが、そんな考えと相反したことも、思い浮かべてしまったりするのだ。

運命は些細な点では可変性があるかもしれない。しかし、決定された大きなできごとについては、変化させることができないのではないだろうか。

例えば、歴史的なできごと。事実を変化させることによって、未来のできごとが大きく変わってしまうような事柄を変えることは無理なのではないか。

時の流れは、歴史的な変化をもたらさない変更については、大目に見てくれる。しかし、それ以上の変化が起きてしまうことは許されず、やはり決定されているのではないか。

決定されている、という発想には自分でも驚いた。誰が決定するというのだろう。

神さま？　それも運命や、時の流れや、歴史的事実を司る神。

その神たちが、その日に訪れる裕美の死は不可避の絶対的なものと判断していたら、どこにいようと同じことではないのか。

ふらふらと熊本駅の切符売り場に足を向けてしまった。そのとき、奇妙なことが起こった。

切符の自動販売機の前で、駅員と数名の乗客らしい人が話している。彼らの会話を小耳に挟む。

どうも切符の自動販売機がすべてダウンしてしまっているようだ。一台の発券機だけではないらしく、駅員にもその原因が摑めず、対応できていないようだ。

裕美はほとんど毎日、熊本駅を利用する。しかし、今までに、このような光景を目にしたことはない。人々が騒いでいる。

「時間ないんですよ。このまま乗りますよ」

「改札口で乗車駅証明書をお渡しします。申し訳ありませんが、車内か、あるいは到着駅で精算して頂くとよろしいのですが」と駅員が、あわて気味に答える。

駅員を囲む人の輪から離れ、早々に改札口に向かう人たちもいる。

裕美が、遠くに行くという手段を半ば諦めたとき、さらにそれに輪をかけるようなことが起こった。駅構内でアナウンスが流れたのだ。

「ただいま、崇城《そうじょう》大学前、上熊本間で、踏切遮断機の故障が発生致しました。修理のため、しばらくの間、上下線ともに、運転を見合わせております。お急ぎのところ大変申しわけございませんが、皆さまのご理解、ご協力をお願い申し上げます」

駅員も、彼を取り囲んでいた人々も、その放送を聞いて、ぽかんとした表情だ。

裕美も、あっけにとられた一人だった。

なんだか奇妙なできごとが起こっている。何か、人知を超えた存在が、裕美が遠くへ行くことを邪魔しようとしているように思えてくる。〝見えざる手〟とか、〝不思議な意思〟といった言葉が頭に浮かんできた。

このようなできごとが続けざまに起これば、〝決定された大きなできごと〟というのは、確実に存在するかもしれない、と裕美には思えてしまうのだ。

やはり、運命とか、神の意思とかは、あるのだ……。

急速に裕美の考えから、電車で移動するという選択がしぼんでいった。

とりあえず、待合室へ行ってみることにする。そこで落ち着いて、これからどうするか、冷静に検討してみるつもりだ。

幸いなことに、待合室は席がいくつも空《あ》いていた。

その一つに腰を下ろした。待合室を利用しているのは、旅人ばかりではないようだ。荷物も持たず、時間も気にしない様子で新聞を読んでいる人がいる。ノートパソコンを操作する人もいる。この人たちは、いつもここで同じ行動をとっているのだろうか、と裕美は思う。

それぞれの人たちが、毎日、判で押したような生活を繰り返しているのかもしれない。

毎日が同じことの繰り返しであるのなら、それがたとえ今日でストップしても、たいした違いにならないのではないか。

そんなことを考えてしまう自分を、裕美は怖く感じてしまうのだった。

不安が続いていて、裕美の身体にも自覚のない変調が起こっているのかもしれない。さっき喫茶店でコーヒーを飲んだはずなのに、ほとんど味の記憶が欠落していることにも気がついた。

味の記憶がないとわかってから、腹部が重いことが気になりはじめた。腹の中に異物が入っているような感覚。大きく深呼吸を何度かやってみたが、何も変わらない。

思考がまとまらない。待合室を出た裕美は、途方に暮れた。

何もやりようがない。

だが、まだ自宅に戻る気はしなかった。裕美は、市電沿いの道を市内中央に向かって歩いた。目的地があったわけではない。ただ、自宅に戻って、じっとしていたら、頭が変になってしまいそうな気がしたからだ。

熊本駅前から、河原町方向へと歩く。

まだ梅雨に入る前の、初夏の陽光が降り注いでいた。あくまで世の中は裕美の心とは裏腹に、平穏この上ない。

歩き続けていると、腹の中にある重たいものの存在を忘れることができる気になった。急ぎ足ではなく、自分が息を切らさない程度の速度だ。

熊本市の中心街は、新市街、下通町、そして上通町へと続く。そして、その新市街の入口の市電沿いにある辛島公園にたどり着いた。熊本駅からだと、歩き慣れない女性にとっては、けっこうな距離だ。

裕美は公園のベンチに腰を下ろし、新市街商店街の人の流れを眺めた。

通行人の流れを目で追いながら、駅にいたときよりも気分的に楽になっている自分に気がついた。ここまで歩き通したことで、軽い疲労感が鎮静効果をもたらしたのだなと思う。

最近は、市の中心部の繁華街に足を延ばしていなかったんだなあ、と裕美はあらためて驚いていた。日常に必要なものは、上熊本と熊本駅を往復する間にあるお店で、ほとんど調達することができるのだ。

上通町の街並みを思いだそうと試みる。

下通町に関しては、ぼんやりとしか思いだせないが、上通町の記憶はある。それは、ひょっとして……と思う。

中野由巳の日々の記憶が、裕美の記憶の中にも出現したのではないか、とも思える。

中野由巳が勤務するタカタ企画は上通町の近くにあるのだから、由巳の記憶の中に、いやというほど存在している。

下通町に関しては、中野由巳の生活圏からははずれている。裕美自身にも、もともと馴染みがないのだから、あまり思いだせないのだ。

ただ、二人が過ごしている時間はちがうのだ。もし裕美が由巳の日常から連想するのであれば、その上通町は、未来の上通町のはずだ。

だとすれば、今とは街の風景が微妙にちがっているはずである。

中野由巳の上通町の風景と、この現実の上通町の風景を照らしあわせてみたい。そんな欲求が突然生まれた。幸い足の疲労もかなり回復したようだ。

時間なら十二分《じゅうにぶん》にある。

上通町まで歩いてみようかしら、そう思って、裕美は立ち上がった。新市街のアーケードに入ってしまえば、下通町から上通町まで、お洒落な店舗が連なる。ウィンドウ・ショッピングをしていくだけで、ほとんど距離を感じないだろう、と思われた。

新市街から下通町へと歩く。平日の午前中だというのに、さすが市内中央の商店街だ。通行人の数は多い。そして店を眺めるだけで、華やいだ雰囲気が伝わってくる。

ふと、「もしも、なにごともなく、今日一日を終えることができたら」という想いが湧き上がってきた。

不安感がかなり消えている。つづいて、「久々においしいものを作ってみようか。早く帰ってくる洋平のために」という考えも浮かんでいた。そして、こちらでしか手に入らない食材を買って帰ろう……そんなことを裕美は思いついた。

市電通り沿いのデパートはすでに開店していた。朝のデパートに入ることは、裕美には珍しい体験だ。亜美のための一品に、手づくりのハンバーグの食材と決めていた。そして洋平の酒の肴によさそうな惣菜《そうざい》の材料を見つくろった。それでも、物珍しい食材に見とれて、一時間近く地下の食料品売り場を歩きまわった。

デパートを出て、市電で帰ろうと停留場に向きかけた足が止まった。

ふと、電車通りの向こうにアーケードの入口が目に入ったからだ。そのとき、タイミングよく横断歩道の信号が青に変わった。鳥の鳴き声のような信号音も、裕美を誘っているように思われた。

――上通町だ。中野由巳が昼間、行動している場所だ。

職場の位置は、ぼんやりとわかる。

――行ってみようか。

裕美は、横断歩道を渡る。

ここを毎朝、中野由巳は歩いているのだ、と裕美は思う。右手のビルには現代美術館、そしてホテルが入っている。なんの違和感もなかった。

中野由巳が働いているのは、〝今〟ではない。これから数年後のはずなのだが、上通町のイメージは、中野由巳の記憶によってもたらされたものと、あまり変わりはないようだ。ただ、いくつかは明らかにちがう点もあった。

立ち止まったのは、シャッターの下りた店舗だ。「貸店舗」とあり、問い合わせのための不動産屋の看板があった。

由巳が目に焼きつけている風景が、裕美の中で閃光のように蘇った。

この場所の店舗ビルは、いずれ取り壊されることになる。代わりにメキシコをイメージしたようなパティオのある小店舗群に生まれ変わる。そのオープニング・イベントで、どこに隠れていたのかと驚くほど人が集まったことを、由巳はしっかり目に焼きつけていた。そんな空間が、この殺風景なシャッターの向こうに生まれることになろうとは、裕美にはとても信じられなかった。

ゆっくりと歩くと、由巳が見ていたもの、今の裕美にはまだ見ることのできないものがわかるような気がしてきた。

書店の前まで来て、胸騒ぎを感じた。

その角を右折して数十メートル進む。すると、そこに由巳が勤務するタカタ企画があるはずなのだ。

そのことが、電気が走ったように突然に、〝わかった〟。

いや、タカタ企画には、まだ中野由巳は勤務していないはずだ。

だが、裕美は、確認したかった。分身のような中野由巳の行動範囲を、田村裕美の目でしっかりと見ておきたい。それは裕美にとって、自然な欲求だった。

未来の記憶をたどって、その角を曲がってみた。

さっきまで胸騒ぎだったものが、ときめきに似た感情に変わっているのが不思議だった。そこに、中野由巳が働くことになる会社があるはずだ。今の由巳は、まだ学生だから、タカタ企画にはいないかもしれないが。

だから、かえって、そちらに足を向けても気は楽だった。

由巳の視点による光景と、今、裕美が見ている光景では、いくつも異なることがわかってきた。

たとえば、由巳が当然のようにいつも目にしているイートインのコンビニ。それが今の裕美の前にはない。代わりに古い三階建ての鉄筋コンクリートの雑居ビルがある。このビルが解体されて、駐車場とコンビニに生まれ変わるはずだ。

それに、まだこの裏通りには飲食店が少ない。由巳が知っているのは、次々と開店した洒落た小さなカフェやレストランなのに……。

タカタ企画が入っているビルは、記憶のままに確かにそこにあった。入口のところに「タカタ企画」のプレートも見える。由巳の記憶よりも、プレートは鮮やかな色彩に見えた。かけられて間もないのだろうか。

もちろん裕美は、そのビルへ入ることはしない。

大きく溜息をついた。

そのとき、国道三号線の方向から、こちらに向かって歩いてくる男に気がついた。白いワイシャツの袖をまくって、ジャケットを片手に持って、面倒臭そうに肩を揺すっている。ときどき首を傾ける癖が加わる。

思わず、裕美は、あっ、と声を漏らしそうになった。由巳の上司の林専務その人なのだ。由巳が知っている林専務と何も変わるところがない。今、出先から帰ってきたのだろうか。

林専務はタカタ企画のビルに入ろうとして、何者だろうと、裕美の正体を見極めるように足を止めた。ビルの前に立っている裕美は、どこか不審人物のように見えたのかもしれない。

急いで立ち去らなくては……そう自分に言い聞かせたが、裕美の身体は思いとは異なる反応をしてしまった。

林専務を見つめた。どのような表情で林専務が自分を見ているのか、確認せずにはいられなかったのだ。

林専務と視線が合った。

あわてて裕美は、何か話しかけようと口を開きかけている。

林専務は、上通町のアーケード方向に踵を返して、小走りに立ち去った。

もう振り返らない。

十数メートル移動した後に立ち止まった。動悸が激しく、眩暈《めまい》がした。

28

裕美は、はっと我に返った。立ち眩《くら》みしてしまったようだ。

一瞬、暗かった視界が急速に戻る。

変だ。裕美は思う。場所が違う。

視界がぼやけている。しかし、急速に焦点が合った。

そして自分が、どこにいるのかを知った。

タカタ企画のオフィスだ。

自分が今着ている服を確認しなくてもわかった。

今の自分は、中野由巳だった。

反射的に由巳は立ち上がりかけた。

「どうかしたか？　中野くん」

向こうの席で由巳に声をかけたのは、林専務だった。由巳の異変を案じるように、中腰のまま、由巳の様子を見ている。

たった今、田村裕美だった自分は、外で林専務と顔を合わせていた。そして今は、由巳の目の前には林専務がいる。

林専務は白いワイシャツの袖をまくりあげていた。裕美が、さっき、外で顔を合わせた林専務の服装と奇しくもまったく同じなのだ。

林専務は、今、タカタ企画に戻ってきたのか。今、外の通りに駆けだしたら、田村裕美がまだいるのではないか。そんな錯覚に陥った。

「大丈夫か？　体調でも悪いんじゃないのか」

林専務が心配そうに眉をひそめて、そう言った。よほど様子がおかしく見えたのだろうか、と由巳は思った。

「ここは見てるから、医者に診てもらってきたらどうだ？」

「いいえ。落ち着きました。少し立ち眩みみたいになったみたいですが、もう大丈夫です。もう、いつもと変わりませんから」

「そうか。本当にいいのか。驚いたぞ。そのまま倒れてしまうのか、と思ったよ。本当にいいんだな。中野くんは、一度もこれまで病気で休んだことってなかったから、驚いた」

そういえば由巳は、タカタ企画に勤めて以来、医者にかかったことがないのを思いだした。

「驚かせてしまったようで、すみません。本当にもう、なんともありませんから」

「ああ、わかった。ほっとしたよ」と林専務は自分の席に戻る。

大きな息をした後に、由巳は思いついた。

「専務。変なことなんですが、一つお尋ねしていいですか？」

「変なこと？　いったい何？」

思いきって由巳は訊いた。

「タカタ企画の前の通りで、知らない女性が立っていて気になったとか……ということはありませんか？」

「最近かい？」

「いえ、最近じゃなくて、私が入社する前のことなのですが」

「そんな前のことか。タカタ企画を誰かが張りこんでいたというようなことかな。あまりビルの外に立っていたことはないから、私がそんな人に気がつくとすれば、会社に出入りするときくらいだが」

「その範囲でかまいません」

専務は腕を組んで、真剣に記憶をたどっているようだった。が、しばらくすると、肩を大きくすくめた。

「残念だが……どうしても思いだせない。そんな不審な行動をとっている女性と会っていたら、忘れないはずだがなあ」

林専務は、そう答えた。嘘をついている様子はない。

しかし、人間の記憶というのは案外そんなものかもしれないな、とも由巳は思った。専務も、タカタ企画の外にいた田村裕美の姿を、その日の夕方くらいまでは覚えていたかもしれないのだ。

しかし、数日経過したらどうだろう。日常の仕事に関係もなく、言葉を交わした相手でもない。そんなことをいつまでも記憶していることの方がおかしいのではないか。一昨日の夕食に何を食べたか問われて、答えられない、そんなものではないか。

「それは、何かのクイズなのかい？　あるいは、新しい性格診断の一つだったりするのかい？」

林専務は、そう問い返してきた。由巳は、そんな質問の逆襲を受けるところまでは予想していなかったから、どう答えたらいいのか困ってしまう。

「えっ？　いや、別に、何も意味はないんです。あ、すみません。本当に何も意味はないので気にしないでください」

「ふうん」と専務は納得いかない様子だが、それ以上、由巳に質問を続けるほどの興味もなかったようだ。

代わりにジャケットを手にとり、時計を見上げて、「おっ、そろそろ時間だな。行ってくる」と訪問先の放送局の名を告げた。そのまま出ていく専務の服装は、裕美が目撃したあの時の専務のままだ。由巳も立ち上がり、その後を追うように、タカタ企画のドアを開いた。

そこから、外をうかがう。急いであたりに視線を走らせる。

もしや、と思ったのだ。しかし、そんなことはありえなかった。遠ざかる専務の後ろ姿だけがあった。

田村裕美の姿は、あるはずがない。数年前の同じ空間ではあるのだが。ただ、裕美の意識との連続で、そんな錯覚が生じたのだということは、わかりすぎるほどわかっている。しかし、そんな行動は論理的な思考の結果ではない。矢も盾もたまらなくなるのだ。視線を、専務の後ろ姿から、上通町のアーケード方向へと移した。

由巳は、はっと息を呑んだ。

一瞬だけ目に止まったが、消えてしまった。見まちがえたわけではない。あの男がいた。例のハンチング帽をかぶっていた。絶対にそうだ。由巳が姿を見せたから、あわてて姿を隠したのではないだろうか。小肥りのくせに動きは素早い。

タツノという男。

タカタ企画を探っているのだろうか。何のために？　いや、ひょっとして由巳のことを監視しているのではないか、とも連想する。だから、由巳が姿を見せると、あわてて消えてしまう……。

しかし、由巳は誰かに監視されなければならない理由など、もちろん思いあたらない。

ひょっとして……。

田村裕美の心と中野由巳の心が繋がっているのは、そういう意味ではないのか。そういう意味とは……田村裕美の人生の最後の刻《とき》と、中野由巳の人生の最後の刻がリンクしているとしたら……。

そして、その瞬間から遡った時間で心が繋がったのではないか。

裕美のアクシデントは由巳の過去にあたるから、裕美の不幸を知ることができた。そして、由巳に起こることは、これからの未来だから、由巳が知ることはできない。だが、裕美と由巳の心が繋がっている意味をさまざまに考えていくと、なんとなく可能性を感じてしまうのだ。

どうしよう。

警察に相談するべきだろうか。自分をつけまわしているような気がしてなりません。勤め先の社長や専務の古い友人なのですが、と。

いや、上司の知り合いを確かな証拠もなしに、ストーカー扱いするわけにはいかないだろう。

しばらく、由巳は、タカタ企画のドアの前で立ちつくしていた。しかし、二度とハンチング帽をかぶっていたタツノは姿を見せなかった。

やはり、自分の目の錯覚だったのだろうか。思いこみから、タツノがいたというイメージを潜在意識が作りだしたのだろうか。実際は、そこには誰もいなかったということなのか……。

由巳は、タカタ企画へと入る。

外が明るすぎたせいで、目が慣れない。

自分の席まで戻ってきたときだった。

目が慣れるどころか、いっそう視界が暗くなる。

椅子に座りこんだとき、目の前が真っ暗になった。


身体が揺れる。

電車の座席に座っているようだ。自分は誰だ……と一瞬混乱する。右手に摑んでいるのは買物袋だ。そして、市電に乗っていることがわかる。

由巳じゃない。

一瞬、眩暈を感じたとき、田村裕美に戻ったのだ。

買物袋にはデパートで買い求めた食材が入っている。

買ったときの記憶は鮮明にある。亜美を喜ばせるための食材と、洋平の酒の肴。

それは間違いない。

それから……。

タカタ企画の前に立った。

林専務の顔も見かけた。

それも、はっきりと覚えている。

その後……。

どのように、電車の停留場まで歩いたのだろう。電車に乗りこんだときの記憶もまったく欠落しているのだ。

裕美としての記憶は、そのようになる。その間に中野由巳だった記憶が挟まっている。

今日は、こんなふうにして、自分が田村裕美と中野由巳の間を行き来するのは何度目だろう。

だんだん自分の頭がおかしくなってきているような気がする。

裕美は無意識に頭を振る。ちがう。おかしくなっているんじゃない。これは……何か、意味があることなのだ。そう、そして、今の自分と中野由巳でいる間隔が短くなっていく。そんな気がする。

いや、気のせいじゃない。本当に意識が交替する間隔は短くなっている。

そして、その間隔がゼロになったら……。

思わず、裕美は立ち上がって叫び出したくなる衝動を必死で抑えこんだ。

同時に市電が止まった。

「熊本駅ぃー。熊本駅ぃー」というアナウンスと同時に、ドアが開いた。裕美は立ち上がり、電車を降りた。

駅の時計が目に飛びこんできた。

午後四時になろうとしている。

思わず身体が強張った。

意識が飛んだといっても、まだ、せいぜい午後一時を過ぎたくらいの感覚でいたのだ。どんなに時間感覚が狂ったところで、二時は過ぎていないだろう、と。

まさか……。

裕美は、自分の膝ががくがくするのがわかった。そのまま、しばらく立ちすくむしかなかった。

そのとき、裕美は信じられないものを見た。熊本駅から出てくる男。顔はよくわからないが、その体形とハンチング帽でわかる。

タツノという男だ。

何故、ここに現れたのだろう。やっと裕美は自分の身体を動かせた。あわてて、そばの陸橋の陰へ身を隠す。

――こちらには気がついていないはずだ。見られていないはずだ。そう念仏のように繰り返す。

神さま、神さま。あのタツノという男を、どこかに追いやって下さい。お願いします。

自分が今日、生命が尽きるという事実を知らなかったら、電車を降りた後、なんの注意もはらうことなく熊本駅の方へ歩いていたにちがいない。

そして、そこでタツノと出くわす。帰宅する裕美をタツノは尾《っ》けてくる……。そして……。

もしも、そうだとすれば、ここでタツノから隠れ通すことができたなら、運命を変えることができるのではないか。タツノに尾けられることなく帰宅できれば、裕美は襲われることもないのではないか。

陸橋の陰から、駅の方向を再度うかがう。

タツノはまだいる。

誰かと待ち合わせているのだろうか。

ちがう。そんな様子ではない。ゆっくりとあたりを見回している。

タツノが視線をこちらに向ける。その寸前に、裕美は陸橋の陰に完全に入りこむ。

何をやっているのだろう。

私を捜しているのではないか。いや、それはあまりにも被害妄想すぎるだろうか。

しかし、裕美を捜している可能性がゼロだということはないだろう。これまで何度も、タツノは裕美の視界の中に入ってきているのだ。

裕美の住まいが熊本駅近くだということを、タツノが知っていたとしたら。そして、確固たる意志を持って、今ここに現れたのだとしたら……。

陸橋の陰で、裕美は呟きつづけた。

「早く行って。立ち去って。お願い。お願い。お願い」

タツノが立ち去ったかどうか、確認する勇気がない。

顔を出してタツノと視線が合うのが、最大の恐怖だった。左手の甲を額にあてると、ぬるりとした。脂汗が噴きだしているらしい。

数を数えよう。そう思った。一つ……二つ……。なかなか時が経過しない。

百まで数えた。それから、陸橋の陰からおそるおそる顔を出し、駅の方向を見た。

いない。

タツノの姿は消えていた。その周囲にも視線を走らせる。

やはり、いない。

立ち去ったのだろう。今のうちだ。

裕美は、小走りにその場を立ち去る。

何度、後ろを振り返ったことか。だが、タツノはいない。尾けられてもいない。急げ。

今から亜美を迎えに行って、それから家に帰ろうか。そんなことも考えた。

いや、駄目だ。完全に危険が去ったわけではない。家に連れ帰ったら、亜美にも危険が迫る可能性がある。

何度も振り返りながら、裕美は自宅へと向かった。

29

家の近くまでたどり着くと、裕美はもう一度振り返って、タツノの姿がないかを確認した。

尾けられている様子はない。その代わりに意外な人物に声をかけられた。

「裕美さん」

自宅のマンションの前に、有沼郁子が立っていた。

「あ、郁子さん」

裕美は、こんなところに彼女が現れるとは思ってもいなかった。そういえば、昨日も有沼郁子から山根税理士事務所に電話をもらっていた。

何か、相談したいことがあったらしいが、郁子は、裕美が休みの日だということを聞いて、日を改めると言ってくれたはずだったのに。

郁子がそこにいるのは偶然だろうか。

郁子は、白い歯を見せて照れたような笑顔を見せた。

「あっ、昨日の電話。お役に立てなくて失礼しました」とだけ裕美は言った。

郁子は、大きく首を横に振った。

「やっぱり早い方がいいかなって。来ちゃった」

事務所に住所を問い合わせたのだろうか。いや、洋平から聞いたのかもしれない。

「そうなんですか。じゃあ、部屋の方でお話をうかがいましょうか」

「ありがとう。話を聞いてもらったら、すぐに失礼するわ」

いったい何の話なのだろうか。すぐに終わる話のようだが、と裕美はいぶかしんだ。

「うちのマンションはエレベーターがないんです。ちょっとしんどいかもしれませんが」

裕美は、タツノが現れるかもしれないということが気がかりでしかたがなかった。

早く部屋に入っておくべきだ。郁子の話を聞いたら、すぐに帰してしまおう。それから、
何があっても部屋から一歩も出ないようにしよう。

「いいわよ。無理に押しかけたんだから。ごめんなさいね。アポもとらずに」

あくまでも有沼郁子の声は明るい。郁子が相談しなければならないような悩みを抱えて

いるとは、とても思えない。

いや、相談ごとと言っても、悩みごとに限るわけではない。自分の仕事の方向性に関して税務的なアドバイスをもらいたいという軽いものかもしれないではないか。ただ、単に郁子がせっかちだから、押しかけてきたということもありえる。

裕美はそう自分に言い聞かせながら、先に階段を上る。

わが家のドアの前に立ったとき、言いようのない不安のようなものが、胃の腑の奥から湧きたってきた。

そしてドアの把《と》っ手《て》に手をかけたまま、裕美はまた眩暈を感じた。


視界が戻る。

移った。

そう感じた。タカタ企画の中にいる。誰の姿もない。そのときは、林専務が書いた手書きの企画書を、パソコンに打ち込んで清書している途中だった。

胃の腑の奥の重い感覚が継続している。どうすればいいのだろう。

この不安感は何だろう。何も解決できない苛立ちなのか。いや、ちがう。

どうすればいいのか。方法は何も思いつかない。

由巳は、バッグから携帯電話を取り出した。

そして、田村洋平の名刺を出す。

先日、洋平の家を訪問したとき帰りしなに、洋平は名刺に携帯電話の番号を書いて由巳に渡したのだ。洋平は由巳に交際を申し入れ、由巳はそれにはっきりとした答えを返していなかったのだが……。

名刺に書かれたナンバーを押して、発信した。呼び出し音を聞きながら由巳は思った。

――洋平が出たら、何と言えばいいのだ。「奥さんは亡くなる寸前に、有沼郁子と会ったのを知っていますか」、そう伝えるのか。あるいは、「とにかく変な不安感が続いています。だから電話しました」とでも言うのか。

洋平は電話に出ない。数回の呼び出しの後、「ただいま電話に出られません。ご用の方は信号音の後にメッセージを」と聞こえた。

洋平が仕事中にプライベートな電話がかかってくることを嫌っていたことを思い出して、言葉につまった。

由巳は、どう言えばいいのか思いつかない。メッセージを残すべきなのか……。

そのとき、会社の固定電話が鳴った。由巳は、洋平の携帯電話に「失礼しました」とだけ告げて切る。あわてて、電話をとった。

「はい。タカタ企画でございます」

「あっ、由巳ちゃん？　こんにちは」

聞きなれた声。

有沼郁子だ。

「はい。中野ですが」

「有沼です。林専務は？」

「あっ、今は出ております。帰社は夕方になると申しておりましたが」

「じゃ、社長さんはいるんだ」

「いえ、社長も出ております」

「へぇぇ。じゃあ、今、由巳ちゃん一人しかいないんだ」

「ええ。何かお急ぎの用件だったんですか。お約束しておられるとか」

「いや、だったらいいわ。ありがとう」

郁子からの電話は、それで切れた。由巳は郁子は何の用事だったのかが気になった。何故、郁子は社長のことまで尋ねたのだろう、と。これまで、郁子が社長に会って話をしているところを見たことがない。いつも相手をしていたのは専務ばかりだ。

由巳が受話器を置くと、机の上の携帯電話が点滅していることに気がついた。

着信があったようだ。由巳は、勤務時間中は、着信音をサイレントモードにしていたので気がつかなかったのだ。

携帯の着信履歴を見る。ナンバーで、洋平からの電話だったことがわかる。

伝言メッセージも入っていた。

「田村洋平です。中野さんですか。電話を頂いたみたいで、すみません。ちょうど運転中で出られなかった。何か急用ではなかったのですか？　気になって」

そこでメッセージは切れていた。着信は一度だけ。洋平はかけなおしてメッセージの続きを吹き込むことは、やっていないようだ。

――どうしよう。

由巳は迷った。もう一度、田村洋平に電話をかけるべきだろうか。さっきは郁子からの電話でさえぎられる結果になったが。

しかし、洋平に、どのように言えばいいのだろう。

そのまま手の中の携帯電話を見つめていると、事務所のドアが開く音がした。

専務や社長が入ってくるときの様子ではないことは、由巳にはわかる。

来客だ。

その来客を迎えるために、由巳は椅子から立ち上がった。

来客は、由巳には予想もしない人物だった。

「有沼さん」

有沼郁子が立っていたのだ。たった今、電話で話したばかりだというのに。

郁子は、ジーンズ姿だった。手には大きめのショッピングバッグを持っている。

「こんにちは。本当に中野さん一人だったのね」

裕美が自宅のマンション前で郁子と会ったときの正体のわからない不安、それと同質のものを、今の由巳も感じていた。いったい何の用事だというのだろう。林専務はいないと伝えたはずなのに。それに「由巳ちゃん」ではなく「中野さん」と呼ぶなんて……。

郁子は笑顔だった。しかし、いつもの笑顔とは少し違う。引き攣《つ》ったような笑いなのだ。彼女の頬がぴくぴくと動いている。

ひょっとして……と由巳は思う。あの電話は、林専務がいるかどうかを知ることが目的ではなかったのではないか。由巳がタカタ企画に一人っきりでいるかどうかを確認することが目的だったのでは……。

郁子は、つかつかと由巳に近付いてきた。立ち止まり、ショッピングバッグに手を入れる。

その手が出てきたとき、由巳は自分の目が信じられなかった。

郁子の手には庖丁が握られていた。

そして由巳を睨んだ。笑顔は消え、恐ろしい形相《ぎょうそう》に変化していた。

とっさに何が起こっているのか、由巳は事態がのみこめなかった。そしてさまざまな考えが一斉に押し寄せてきた。

——自分は殺されようとしている!?

裕美も、郁子に殺されたのだろうか。

きっと、そうだ。

しかし、何故?

何故と尋ねようにも、悲鳴をあげるどころか、声も出ない。息もできない。

やっと息ができたと思ったときに、声が出た。

「有沼さん！　どうしたんです。やめて下さい」

自分の声がからからに嗄《か》れていることが、由巳にはわかった。

郁子は答えない。庖丁をかまえたまま、ゆっくり近付いてくる。

「私がいったい何をしたというんです」

「私が間違っていた」そう呟くように郁子は言った。

「えっ？」

よく意味がわからない。

「何が……間違っていたというのですか？」

「あなたを最初に見たとき、あなたなら大丈夫だと思った。あなたなら洋平にぴったりだと思った。でも、ちがった。あなたは、やはり洋平の世話ができるような女じゃない。私に内緒で、勝手に彼の家に行くし。洋平のことを何もわかってないくせに。そんなあなたを洋平に紹介したのが間違いだった」

だから、自分を殺そうというのか。どうしてそういう話になるのか。おかしいじゃないかと、由巳は思う。

誰か来て。私を助けて。叫んだら、郁子はすぐに飛びかかってきて斬りつけるだろう。どうすればいい？　とにかく時間を稼ぐことだ。

何でもいい。とにかく話すことだ。

「田村さんのことですか。だったら、私はもう田村さんに会いません。それでは許してもらえないのですか」

「駄目よ。洋平はもう、あなたに心を奪われてしまっている。もう引き返せないわ。一番いいのは、あなたがこの世からいなくなることしかないの。私が間違っていた」

由巳は、瞬時にすべてを理解した。郁子は洋平のことが好きで好きでたまらないのだ。

本当は郁子自身が洋平に愛される存在になりたかったにちがいない。それは、ずっと昔から、そうだったのだ。二人が幼い頃から。しかし、それは実現することができなかった。だからこそ、その愛情は歪んだ形で現れてしまったのだ。洋平を見守る母親のような愛情へと変化させ、彼女が理想と考える洋平の伴侶《はんりょ》像を勝手に作りあげたのだ。その理想像に近い女性を発見したら洋平に紹介し、その後で少しでもその理想とのブレを感じたら、たちまち憎悪へと変わる。紹介した女性を排除しようと動くのだ。おぞましいほどの、悲しい激情と言えばいいのか……。あまりにも短絡的な手段を選ぶことが信じがたい……。

郁子が、庖丁を持ったまま、ぐいと一歩を踏み出す。

「わかりました。田村さんの奥さんも、有沼さんが殺したんですね」と由巳が叫んだ。

一瞬、郁子の動きが止まった。郁子の目が泳いだように見えた。だが、臆した様子はない。代わりに、庖丁を持つ右手を腰にあてた。そのまま突っこんでくる気だな、と由巳は思った。

逃げられない。

そのとき、ドアが大きな音をたてて開いた。

人だ。黒い影が外からの逆光の中に浮かぶ。

「助けて」

その影に由巳は呼びかけた。

影が駆け寄ってくる。太い声が響いた。

「何をしているんだ！　有沼！」

その声の主が誰か、由巳にははっきりとわかった。郁子が振り返る。

田村洋平だった。

明らかに、郁子は動揺したようだ。

「洋平、どうしてここにいるの？」

「馬鹿な真似はやめろ。庖丁を置くんだ」

「洋平。出ていって。あなたのためよ。この女も、洋平のためにならないのよ」

「この女も……って。どういう意味だ？　まさか……」

一瞬ひるんだ郁子が、うめくように呟いた。

「あの女……裕美さんも、あなたには相応《ふさわ》しくなかったのよ」

「裕美も君がやったというのか？」

「仕方ないでしょ。洋平には相応しくないんだから」

郁子の目は吊り上がっていた。彼女には、正常な判断力が、かけらも残っていないようだ。洋平の問いには何も答えず、郁子は由巳に向きなおった。

狂っている……そう恐怖の中で由巳は思った。

郁子が両手で庖丁の柄《つか》を摑んだ。そのまま由巳に近付き、振りかぶる。

「やめろっ」と洋平が叫ぶ。

由巳は身がすくんで動くこともできない。全身がガクガクと震えるだけだ。

刺される。そう感じたとき、由巳の身体に何かが覆いかぶさるのがわかった。同時に衝撃が走る。

刺された。

いや、違う！

「洋平！　なんで！」と郁子のヒステリックな声がした。由巳の身体を覆っていたのは、洋平だった。

由巳が見たとき、郁子は庖丁を持っていなかった。代わりに彼女の両手は、血で真っ赤に染まっていた。

洋平が、ゆっくりと由巳の前で崩れ落ちる。その左胸から庖丁が落ちるのが見えた。あわてて由巳は、洋平の身体を両手で支えた。そのときは、恐怖よりも、洋平を助けなければならないという思いが優先していた。

「洋平さん。洋平！　しっかりして。気をしっかり持って」

洋平が閉じかけていた目を開いた。驚いたように。信じられないように。

「……中野さん……あなたは……もしかしたら裕美、裕美なのか」

「そう。私を殺したのも彼女。それを感じたから電話したんです」

「僕は守れたはずだった。裕美を……。あのとき、家に帰れば」

ああ、と郁子の悲鳴が聞こえる。思わぬ展開に、パニックを起こしていた。

「そう。洋平は私を守ってくれた。大丈夫。気をしっかり持って。助かるから」

「裕美を守れたんだ。裕美を……あのとき……」

そのとき、事務所へまた誰かが入ってきた。

「誰か。来て下さい」

駆けつけたのは、社長でも林専務でもなく、二人の男だった。

一人は見知らぬ若い屈強そうな男。もう一人は小肥りでハンチング帽をかぶっていた。

あのタツノという男だ。

タツノは状況を見るなり、細い目をカッと見開き、若い男に叫んだ。

「遅かったか。ヤマガタ君。大至急、救急車を呼んでくれ」

若い男はタツノの部下のようだ。

タツノは駆けよって、有沼郁子の右手を摑み、太い声で言った。

「有沼郁子。傷害の現行犯で逮捕する」

由巳の頭の中で、自分の声にならない声が駆けめぐる。タツノという男は、警察の人だったのか。郁子の名前を知っているというのは、ずっと尾行していたということ？　刑事なら、どうしてもっと早く駆けつけてくれなかったの？

遠くからサイレンの音が近付いている。洋平の肩を強く抱き締めて「死んじゃだめ、死んじゃだめ」と由巳は叫び続ける。その声はとても自分のものとは思えない。遠くで、誰かが呪文を唱えているかのようだ。

腕に震動を感じた。洋平が痙攣《けいれん》を起こしているのだ。

由巳は、必死で洋平の名前を呼んだ。しかし、その叫びは彼女自身の耳にも聞こえない。目の前の光景に奥行きがなくなり、ゆっくりと走馬灯のように回りだしたかに思えた。

この感覚は……。

移った。

暗転して、自分がタカタ企画ではないところにいるのがわかる。

見慣れた部屋。

自分が、裕美に戻ったのだとわかった。見慣れた部屋、見慣れた光景。その中に異物が見える。

　有沼郁子が立っている。しかも笑っている。

　考える余裕はなかった。一刻も早く逃げなければ、郁子に殺される。

　説得しようとしても無駄なのだ。彼女は狂っているのだから。

　裕美は、反射的に踵を返した。そのまま、部屋を飛び出す。廊下に置かれていた掃除機にはげしく躓《つまず》いた。痛みが走ったが、立ち止まるどころではない。背後を振り向く余裕さえなかったが、確かに郁子が追ってきていることは、物音と尋常ではない気配でわかる。

　想像したのは、由巳が見た庖丁を握り締め吊りあがった目の郁子の姿だ。あんなものを二度と見たくない。

　幼い頃から、誰かに追いかけられる夢をいく度となく見てきた。何に追いかけられていたのか。悪人。化物。

　夢の中の状況とまるで同じだ。夢では、もう少しで追いつかれそうになる。そして、恐怖が頂点に達したときに目が醒める。

　しかし、これは違う。醒める夢などではない。あくまで、これが裕美にとっての現実なのだ。

　玄関から飛び出した。

階段へと向かう。

走りながら思いだしていた。このまま追いつかれて、郁子に階段から突き落とされてしまうのか……。

それが裕美の運命なのだ。結果的には、由巳が洋平から聞かされた裕美の最期となんら変わることはない。

ということは、人の決められた運命は、どうあがいても変えることはできないということなのか。

走りながら、あたりを見回す。人の気配はない。やはり、目撃者も存在しないという事実も変わらない。

階段を駆け下りる。次の階への踊り場で走る速度が落ちた。そのとき、裕美の身体全体が回転したような気がした。左腕を郁子に摑まれ、バランスを失ったからだ。

転落した遺体……ということは、このまま突き落とされるのか……。

そういうことだったのか。

やはり、運命は変えることはできなかった。

すべての望みから見放されたのか……。

薄れゆく意識の中で、一瞬、裕美はそう思う。

両足が宙に浮かんだ。そのとき、身体が前のめりになり……落ちる……。

激しく咳が出た。急速に視界が戻ってくる。

助かった。殺されなかった……。

裕美は、目の前の光景が信じられなかった。

洋平が、有沼郁子の身体を裕美から引き離していたのだ。

奇跡が起こった。夫が……洋平が……約束を守って駆けつけてくれたのだ。こんなことって。

有沼郁子は洋平に羽交い締めされたまま、ヒステリックに叫び続けている。

そこに、二人の男が駆け寄ってくるのが見えた。

男の一人は、タツノ。そしてもう一人は、タツノからヤマガタと呼ばれた若い男だ。そのまま裕美は意識を失っていった。

エピローグ

意識が戻り、裕美は自分が運命の時間から無事に生き延びることができたということを知った。

きわどい瞬間に裕美は救われたのだ。洋平があと数秒でも、あの階段の踊り場にたどり着けなかったら、裕美は突き落とされていただろうと聞かされた。

有沼郁子は、すべてを取り調べで話したそうだ。その日、最初から裕美を殺害するつもりで田村の家を訪ねたのだと。

タツノは、熊本県警の刑事だった。

実は、有沼郁子は二件の未解決の事件と何らかの関わりがあるのではないかという嫌疑でマークされていたということを、その龍野刑事に聞かされた。一件は、洋平と有沼郁子の小学校の同級生で、家族から失踪届けが出されている行方不明事件。もう一つは、郁子の知り合いのOLの不審死事件。裕美が郁子に洋平を紹介される前のことらしい。洋平はそのOLの存在は知らなかったが、郁子は洋平に彼女をやはり紹介しようとしていた。

そして、龍野刑事が有沼郁子の監視、尾行を重ねることで、自然と裕美の行動範囲とダブる結果になったようだ。由巳が顔を覚えなければ、裕美には龍野刑事の存在は目に止まらなかったかもしれないのだ。

郁子の動機は、洋平への愛情だということだった。中学生の頃、洋平のことが好きになり、一度、洋平に告白したこともあったらしい。だが、洋平は郁子のことを異性として意識していたわけではない。結果的に洋平はその告白を気にも留めなかった。それから、郁子の洋平への愛情はゆがんだ形に変貌していったのだ。まるで母親のような視点から注がれ、それも過激で過剰な愛情として……。

意識をとりもどした裕美が、まず気がかりだったのは、洋平のことだ。洋平は郁子に刺された……確か洋平は由巳の身代わりになったのではないか……。

「大丈夫か」と案じる洋平に、裕美は何度もうなずきながら言った。

「あなたこそ、何ともないのね？　ほんとうに……」と洋平の手を握った。

朝から、必ず早く帰宅してくれと裕美は洋平に頼み、約束もしてくれたが、本当にそれが実現して自分を救ってくれるとは……。

「ほんとうに……約束通り、早く帰って来てくれたのね。ありがとう」

「約束を思い出したんだよ」少しはにかむように洋平は言った。「実は、裕美が早く帰ってきてほしいと言ったこと、夕方まで忘れていたんだ。すると、急に胸の辺りに猛烈な痛みが走った。何故、そんなに胸が痛んだのか、わからない。ただ、そのとき、裕美のことを思いだした。はっきりと心に焼きつけられるように、裕美のことが見えたんだ。そしてね、間に合う、今なら間に合う、無性にそう思ったんだ。あれが、ムシの知らせというんだろうな」

その洋平の言葉に裕美は思う。それは、洋平が未来の自分からの知らせを受けることができたということなのではないかと。

おそらく洋平は裕美を失ったとき、どれだけ自分が裕美を必要としていたのかを知ったのだ。そして郁子に胸を刺され、生死を分ける瞬間を迎えたからこそ、過去の自分に知らせることができたのではないか。何故とか、どうしてといった、具体的なものではなく、裕美を救いたいという強い衝動だけが、時を遡《さかのぼ》る力になったのではないか。刺された胸の痛みとともに……。

きっと、そうだ。

あのときのことを何度も思い返す裕美のなかで、洋平への愛おしさが深まっていった。

あれから、裕美が目覚めても中野由巳になっているという転移現象は起こらない。

あの現象は、殺されそうになった裕美の心が瞬間的に生みだした妄想だったのかもしれないとまで考える。

いや、確かに未来の中野由巳の心と、自分は繋がっていたのだ。

どうして、そんなことが起こったというのか……。

裕美は、その理由をいろいろと想像してみた。生死の境で、意識が危機を防ぐために時を超えたのだ、とか、思考があまりに由巳と似ていたから時間を隔てていても共鳴しあったのだ、とか。あるいは日常で感じていたストレスがあのような現象をもたらしたのだ、とか……。

しかし、どれが間違いで、どれが正解なのか、今となってはわかるはずもない。

ただ一つ言えるのは、その現象のおかげで、裕美は命びろいしたということなのだ。

裕美は生きている。そして有沼郁子は逮捕され、その罪をどのようにして償うのかの判決を待っているところだ。これから時の流れの中では、いくつもの大きな変化が生じることを裕美は予感していた。

裕美は、今では由巳の気楽な独身生活を羨ましいと思うことはない。洋平も大切な何かに突然気づいてくれたような気がする。

これから裕美は、洋平と亜美と穏やかな生活を続けていくことになるだろう。

中野由巳は有沼郁子と出会うこともなく、郁子が由巳のことを洋平に紹介することもないだろう。

少しずつ……。

少しずつ、裕美は自分が中野由巳であったという記憶を失っていく。

未来の中野由巳に起こったことは、裕美の未来では発生しない未来なのだ。発生しない未来の記憶など、裕美の心の中に存在しなくなるのは当然のことだ。

数年が経過した。

ある日の夕方、田村裕美は、夫の洋平、娘の亜美とともに上通町を訪れていた。洋平の高校時代の友人がレストランをオープンするという案内状をもらったのだ。家族三人で外食するというのは、久しぶりのことでもあった。

亜美は、このイベントが本当に楽しみのようで、洋平の腕にぶら下がり、そのままスキップを踏んだりしている。

だが、案内状の地図がわかりにくいのか、洋平は何度か立ち止まる。

「地図では確かにこの辺のはずなんだがな。タバコ屋から入った横丁を抜けたあたりだから」

裕美も店の名前を確認して、周囲を見回した。そして懐かしい気持ちになる。

――ここは来たことがある。

裕美は、そう思った。通ったことはない場所なのに。

既視感《デジャヴ》というんだっけ。いや、確かに一度、ここに足を運んでいる。いつのことだったかは思い出せないが。

そして左のビルが……何故か気になった。何故気になるのか、理由はわからないままだ。

そのビルから、若い女性がファイルケースを持って出てきた。首から吊《つる》した名札に「中野由巳」と記されているのだが、裕美にはその文字は小さすぎて読むことができない。

二人はすれ違う。

それは一瞬の邂逅《かいこう》だった。

「ママ！　お店、わかったって。こっちだよ。早く入ろう」

亜美にそう呼びかけられて、裕美は我に返った。亜美が手を振っている。

もう一度、裕美は何か気になるものを感じて確認するように振り返った。しかし、その若い女性の姿は、すでに裕美の視界からは消えていた。

解説『ダブルトーン』

真柴《ましば》あずき（脚本家）

梶尾真治《かじおしんじ》さんの作品世界、いわゆる「カジシン・ワールド」や、作家としての来歴やご活躍は、今さら私が書く必要もないと思いますが、デビューが一九七一年ですから、間もなく五十周年（！）を迎えられることになります。途中、ご実家の家業である石油販売会社を経営されていたため、しばらくの休筆期間がありましたが、それはあくまで公的な意味で、ご自身は習作を重ねておられたに違いないと確信を持って推測します。

なぜ確信を持てるかというと、梶尾さんの小説を読むたび、本文はもちろん、行間から、梶尾さんの創作への意欲、物語を紡ぐことに対する思いが溢れていると感じるからです。

それは『ダブルトーン』も同様で、この世界を届けたい、最初から最後まで登場人物たちをいきいきと描ききりたい、その他たくさんの思いに圧倒されました。

更に、梶尾さんは、二〇〇一年に刊行された『かりそめエマノン』のあとがきで、次のように書いておられます。

「今回の『かりそめエマノン』は、私にとっては、異例ずくめです。とにかく、執筆開始から脱稿まで二十五日間。猛スピードで書き上げました。もちろん、昼間は本業がありますから、毎朝四時から七時まで。全力疾走してゴールに飛び込んだ気分です」

なんというバイタリティ、なんというエネルギー。

私の推測が間違っていないことが、この文章からもおわかりいただけるのではないでしょうか。

さて。『ダブルトーン』には主人公が二人います。

一人は、三十代前半の主婦・田村裕美《たむらゆみ》。五年前に結婚した夫・洋平《ようへい》と保育園に通う娘・亜美《あみ》との三人暮らし。十時半から四時まで、上熊本駅前にある山根《やまね》税理士事務所でパートとして働いています。そこは独身時代に勤めていたところで、裕美が結婚を機に退職した後も、人員を増やさず、裕美の復帰を待っていてくれたようです。

物語の冒頭は、裕美が目覚《めざ》めるところから始まります。

「目を醒《さ》ましたときに、今日は自分が誰なのかわかる」

自分の隣に、洋平の気配を感じたことで、「今日もわたしは田村裕美だということだ」と続きます。これがどういう意味なのか、すぐには種明かしされずに、裕美の一日が丹念に描かれていきます。

朝食の準備と弁当作りに取りかかり、なかなか起きてくれない洋平を起こし、送り出し、洗濯と掃除をすませ、亜美を保育園まで送り届ける。その後、電車に乗るまでの三十分の間、熊本駅ビルの喫茶店でコーヒーを飲む。これが、一日の中で唯一《ゆいいつ》、気が静まる貴重な時間。結婚生活に大きな不満があるわけではないけれど、洋平との会話はほとんどなく、判で押したような毎日の繰り返しに、諦《あきら》めに近い思いを抱《かか》えている……。

次の章の始まりはこうです。

「目覚ましの音が鳴る。

他人の気配は何もない」

ここから、視点がもう一人の主人公・中野由巳《なかのゆみ》に移ります。由巳は二十四歳で独身。水前寺《すいぜんじ》の県庁近くのアパートで独り暮らしをしていて、勤め先は水道町《すいどうちょう》にあるタカタ企画。そこは大手の広告代理店の下請《したう》けのような仕事をやっていて、社長と専務、そして由巳の三人だけの小さな会社。少人数の会社だけに、仕事の受注内容によって、由巳の担当する仕事は様々に変わっていきます。あるときは完全な事務作業だったり、イベントに派遣する女子大生たちのリーダー役を務めたり、また、あるときはイベントのMCとして舞台に立ったりもする。タカタ企画は二十年もこの業界で商売を続けている老舗で、由巳は給与の面では同年代のOLよりも優遇されている。忙しい毎日を由巳は楽しみ、感謝と充実感を覚えています。

しかし、由巳は一つだけ、ある「違和感」を抱えています。

いつからか、由巳の中には、自分と無関係な記憶が存在していて、それが、田村裕美としての記憶なのです。

「裕美」である自分は結婚していて、幼い娘がいて、夫の存在もぼんやりとわかっている。毎日が同じことの繰り返しでうんざりしている自分……。それが錯覚《さっかく》なのか妄想《もうそう》なのか、由巳自身にもわかりません。けれど、由巳の心の中には、結婚への嫌悪感が確実に刻み込まれています。

そして、田村裕美にも、自身のものではない記憶が存在していることがわかります。もう一人の自分は独身で、自由に、自分の好きなことをやって過ごせる時間を持っている。毎日が変化に富んでいて、働くことさえストレスの解放になっている……。裕美は、その誰なのかわからない人物の記憶のおかげで、少しだけ元気を取り戻せるのです。

やがて、二人の「ユミ」は、同じ思いを抱きます。

——私は、ひょっとして、二つの人生を生きているのではないか？


と、ここまでを読んだところで、みなさんはどんな感想を持たれたでしょうか？

私は、本読みの、あるいは自分でも物語を作る者の悲しい性《さが》として、どうしてもそれからの展開といいますか、描《えが》かれている不思議な現象の原因や結末をあれこれと予測してしまいました。だって、なんといっても、梶尾さんの作品ですよ。『黄泉《よみ》がえり』や『クロノス・ジョウンターの伝説』や『おもいでエマノン』を書いた方ですよ（未読の方のために、一作品だけ注釈を加えると、『おもいでエマノン』をはじめとするエマノンシリーズの主人公は、生命が誕生してからの、「すべての記憶」を持っている女性です。どうです、読みたくなってきたでしょう）。

『ダブルトーン』がタイムトラベルなどの時間SFなのか、パラレルワールドを描いた作品なのか、それとも……等々の妄想を広げながら読み進み、私は自分の浅薄《せんぱく》さに打ちのめされることになるわけですが、これ以上はネタバレになってしまうのでやめておきます。


と書いておきながら、もう少しだけ本書の内容に触れておきます。

裕美と由巳にとって、最初は漠然《ばくぜん》とした、まるで夢の中の出来事だったような「もう一人の自分」の記憶が、次第に鮮明なものになっていきます。たとえば由巳は、仕事で訪れた上熊本駅近くの通りで、強い既視感《デジャヴ》を覚えます。通りを歩いているうちに、自然とある建物に目が行き、なぜか「山根税理士事務所」という言葉を呟《つぶや》き、そこに「山根税理士事務所」という文字を見つけてしまう……。また裕美は、もう一人の自分が買った料理本を、自身も以前に衝動買いしたことを思い出します。

もしかすると、二人の心は、どこかでつながっているのかもしれない……そう考え始めたユミたちの前に、共通する人物たちが現れる場面から、物語は急速に展開していきます。一人は、裕美の気の置けない友人・有沼郁子《ありぬまいくこ》。もう一人は、どこか謎めいている男・タツノ。そして、もう一人は――

ここから先は、ぜひ、ご自分で確かめてください。

梶尾真治という魔法使い（このような表現しか思いつきません）の新しい魔法を、たっぷりと楽しんでください。

ところで、ダブルトーンとは、印刷用語です。同じモノクロ写真版（グレースケール画像）を二種類使い、それぞれ別の色で刷ったものを重ねることで、作品に深みを出す技術だそうです。特に裕美にとっては、日常生活が平板で退屈なものに感じられていましたが、由巳の記憶を持つこと、二つの人生を生きることで、少しだけ色づいたのかもしれません。由巳もまた、結婚への嫌悪感はあるものの、裕美が持っている娘への愛情を理屈ではなく自身のものとして感じることで、自分だけの人生を生きているときとは違う温かみを獲得できたように思います。

それにしても、これだけ環境と性格が違う二人の女性を、なぜ梶尾さんは細密《さいみつ》に描くことができるのでしょうか。

裕美が持っている、洋平への小さな失望。亜美への深い愛情。由巳が持っている、仕事への情熱。年上の郁子に感じる憧れ。一つ一つが丹念に描かれていて、読み進むうちに、裕美と由巳が、体温を持つ存在として、身近に感じられてくるのです。

本書の中で、梶尾さんは、二人のユミのつながりを、由巳の言葉として「説明のつかない不思議なこと」と表現されていますが、私にとっては、梶尾さんの筆そのものが、説明できない不思議なこととしか思えません。

※ここから先は、ネタバレを含みます。どうか、本書を読み終わってからお読みください。

いかがでしたか？

梶尾さんの魔法に魅了されたのではないですか？

二人のユミをつないだもの、そして裕美を救ったものは何だと思われましたか？

作中で、裕美と由巳も、幾度《いくど》もその疑問について考えます。

裕美に対する洋平の愛情はもちろん、由巳の思いやりと勇気も重要ですが、私は亜美の存在が大きいのではないかと思いました。

裕美と由巳、それぞれが亜美を愛おしく思っていることは言うまでもなく、亜美自身が裕美を失いたくないと願ったことが最大の要因だったのではないかと。

裕美が、自身に降りかかる悲劇を知り、胸が騒いだときに、亜美が発した「ママ。なんだか悲しそう」という言葉。由巳が、思わず保育園を訪ねたときに、亜美から受けた「お姉さん、ママのことを知っているの？」という問いかけ。どちらも断片的であり、亜美の本当の心の動きはわかりません。また、作中で由巳は「裕美の無念の気持ちが未知の力となって発せられたのではないか」と推測しています。裕美も、由巳へ託したメモの中に、「亜美を悲しませていることが一番心配です」と記しています。そしてそれは、確かに正解に感じられるのですが、ここで思い出したのは『黄泉がえり』の登場人物の一人、相楽《さがら》周平《しゅうへい》です。未読の方のために詳細《しょうさい》は省きますが、周平に起こった奇跡を思うと、亜美が鍵を握っているように思えてならないのです。

カジシン・ワールドに詳《くわ》しい方なら、なぜ私がこだわるのか予測がつかれるかと思いますが、梶尾さんのデビュー作のタイトルを念のために挙げておきます。

『美亜へ贈る真珠』です。

本作には、梶尾さんのある思いが随所《ずいしょ》にちりばめられています。

たとえば、由巳が亜美の保育園を訪ねた折り、子どもと手をつなぐ女性の姿を見かけたときに湧《わ》き上がってきた思い。

「あれが、田村裕美であるときの自分の姿なのだ、と由巳は思った。洋平とのマンネリの日々……。しかし、そのような、なんでもないような日常の習慣の中にこそ幸福があるのだ、と思っていた裕美……。しかし、あまりに当たり前すぎて、普段はそれがどんなに大切なことかを忘れているのだ」

そして、洋平が裕美との思い出を語ったときに、由巳が感じた思い。

「人は、失ってから初めて、失ったものの価値を知ることがある」

梶尾さんの最新作『ハナと暮らす』（「小説新潮」二〇一九年十二月号所収）でも、主人公が何か（ここでは敢えて「何か」と記します。しつこいですが未読の方のため）を失ったところから物語が始まるのですが、冒頭に描かれているのは、同じ「思い」です。

「今」、目の前の誰かを、何かを、心を込めて見つめてほしい――そんな優しい声が、梶尾さんの作品から聞こえてきます。日常に流されて、当たり前のことだと目を瞑る前に。


最後に、個人的な話で恐縮ですが、私が初めて出会った梶尾さんの作品は、二十年近く前、SF好きの友人夫妻から薦められた『クロノス・ジョウンターの伝説』でした。

もともと私もSF小説は好きだったのですが、恥ずかしながら梶尾さんの作品は未読で、完璧ではない、どこか人間くささを持っているタイムマシンという発想に引き込まれました。その後、ご縁があって、私が所属する劇団・キャラメルボックスで梶尾さんのクロノス・シリーズを上演させていただきました。残念ながらご本人とは、劇場に足を運んでいただいた際に、簡単なご挨拶《あいさつ》しか交《か》わしたことがないのですが、一方的に親しみを持って、新作を楽しみにしております。


そして、二〇一五年に刊行された、新装版の『クロノス・ジョウンターの伝説』には、辻村深月《つじむらみづき》さんが解説を寄せられています。そこで辻村さんは、『クロノス・ジョウンターの伝説』との出会いは、二〇〇五年のキャラメルボックスの公演だったと書かれています。

偶然にも、その二年後に、キャラメルボックスは辻村さんの『スロウハイツの神様』を舞台化させていただきました。これはもう、梶尾さんが引き寄せたご縁としか思えません。
やっぱり、梶尾さんは魔法使いなのです。

二〇一九年十二月

この作品は、「月刊百科」(平凡社刊) 2010年7月号〜2011年6月号、「ウェブ平凡」(平凡社ホームページ) 2011年7月〜2012年2月に連載。2012年5月に平凡社より単行本で刊行されたものに、加筆・修正をいたしました。なお、本作品はフィクションであり実在の個人・団体などとは一切関係がありません。

徳間文庫

ダブルトーン

2020年2月15日 初刷

著者 梶《かじ》尾《お》真《しん》治《じ》

発行者 平野健一

発行所 株式会社徳間書店
東京都品川区上大崎三—一—一
目黒セントラルスクエア
〒141—8202

電話 編集〇三(五四〇三)四三四九
販売〇四九(二九三)五五二一

振替 〇〇一四〇—〇—四四三九二

印刷
製本 大日本印刷株式会社

ISBN978-4-19-894533-6 （乱丁、落丁本はお取りかえいたします）

徳間文庫の好評既刊

梶尾真治

ゆきずりエマノン

　エマノンが旅を続けているのは、特別な目的があるのではなく、何かに呼ばれるような衝動を感じるからだ。人の住まなくなった島へ渡り、人里離れた山奥へ赴く。それは、結果として、絶滅しそうな種を存続させることになったり、逆に最期を見届けることもある。地球に生命が生まれてから現在までの記憶を持ち続ける彼女に課せられたものは、何なのか？　その意味を知る日まで、彼女は歩く。